Palavras encantadas e outros contos

Palavras encantadas e outros contos

Almir Del Prette

ALL® BOOKS

1ª Edição
2011

Editores
Ingo Bernd Güntert e Juliana de Villemor A. Güntert

Assistentes Editoriais
Aparecida Ferraz da Silva e Renata do Nascimento Mello

Capa
Marina Takeda

Projeto Gráfico, Editoração Eletrônica e Produção Gráfica
Najara Lopes

Coordenador de Revisão
Lucas Torrisi Gomediano

Preparação de Original
Ana Luiza Couto e Tássia Fernanda Alvarenga

Revisão Final
Rhamyra Toledo

Dados Internacionais de Catalogação na Publicação (CIP)
(Câmara Brasileira do Livro, SP, Brasil)

Del Prette, Almir
Palavras encantadas e outros contos / Almir Del Prette. -- São Paulo: All Books®, 2011.

ISBN 978-85-8040-052-6

1. Contos brasileiros I. Título.

11-03912 CDD-869.93

Índices para catálogo sistemático:
1. Contos : Literatura brasileira 869.93

Impresso no Brasil
Printed in Brazil

As opiniões expressas neste livro, bem como seu conteúdo, são de responsabilidade de seus autores, não necessariamente correspondendo ao ponto de vista da editora.

All Books Livraria e Editora Ltda.
Rua Simão Álvares, 1020
Vila Madalena . CEP: 05417-020
São Paulo/SP - Brasil
Tel. Fax: (11) 3034-3600
www.casadopsicologo.com.br

Sumário

Maria Eny R. Paiva,
amiga desde a adolescência, quando me incentivou a escrever

Zilda A. Pereira Del Prette,
companheira, que sempre me ajuda a escrever melhor

Apresentação

Os contos deste livro refletem a paixão de Almir por contar histórias, com saídas inesperadas e criativas, em que se misturam referências ao cotidiano e aos produtos culturais da atualidade. Em linguagem afiada, matizada de emoção e imaginação, traz à tona um conjunto de personagens que encantam, ensinam ou simplesmente divertem o leitor, em uma coletânea de leitura agradável e edificante.

É difícil não se emocionar com a homenagem póstuma de "As vidas de meu avô"; com a vivacidade de "O pequeno Peter" a colecionar palavras e a lidar com perdas; com a paixão de Onofre por sua Leonilda no universo nagô de "A rosa vermelha"; com a louca lucidez de Paulo em "Amor, louco amor"; com a experiência afetivo-mediúnica de Gabriel em "Aparição"; com os desafios sofistas da "Entrevista com o diabo"; com o efeito borboleta de "Bilhetes anônimos"; com as artimanhas do ciúme em "Hotel Barros: rua Aurora, 648" e em "Traição"; com a filosofia canina do Pingo em "Minha vida de cachorro e três nobres verdades"; com as contradições do individualismo e da solidariedade de "Los Angeles sem ficção"; com a crua realidade vivida por "Paulinho bom de barro"; com a permanência tenaz da vida em "O retrato".

Este novo livro de contos de Almir traz algumas marcas do anterior – *Meu pé de feijão guandu* –, com fragmentos da realidade de crianças, jovens, casais, idosos, pais e filhos, garantindo saborosos momentos de prazer e de reflexão sobre temas variados. O autor nos convida novamente a adentrar o universo imaginário desses personagens e, transbordando em palavras encantadas, apresenta sua filosofia particular sobre a vida, a morte, os valores, os sentimentos, as relações e tantos outros aspectos, todos forjados em experiência singular de relação com as pessoas e em atenção às características sociais e políticas em que vivemos.

Zilda A. Pereira Del Prette

Prólogo

Personagens, lugares, acontecimentos e nomes que aparecem nas histórias deste livro são ficcionais. Essa frase, que o leitor conhece de cor e salteado, coloca o escrevinhador a salvo de qualquer indício de identificação de fatos, lugares e pessoas. Contudo, é preciso reconhecer que os contos desta coletânea podem ser separados em três grupos que detêm a chave de sua gênese.

O primeiro grupo reúne as histórias elaboradas a partir de relatos de pessoas conhecidas ou desconhecidas que me contaram coisas que viram, ouviram ou simplesmente viveram. Claro que todas elas foram por mim modificadas, falseadas, não apenas para proteger pessoas, mas, principalmente, porque minhas simpatias e antipatias percorriam caminhos diferentes, e meus valores sonhavam outros epílogos para um fulano ou uma beltrana que viveram situações inusitadas. Muitas vezes, foi-me impossível evitar fazer justiça "com o próprio teclado", alterando acontecimentos a favor das vítimas. Tais histórias, após as alterações, não seriam reconhecidas nem mesmo por aqueles que as narraram.

Em outro conjunto, estão as histórias por mim presenciadas ou vividas de maneira direta. Isso não significa que elas se mantêm "puras", ou "intocadas". A despeito da busca de honestidade para com os fatos e do esforço de ver a própria face no espelho, elas sofreram alterações mais brandas, o suficiente para preservar seus atores. Aqui, essa é a única recompensa.

Finalmente, há as histórias que escreveram a si mesmas. O leitor poderia duvidar disso, mas é a mais pura verdade. Nessas histórias, o escrevinhador tem pouca, muito pouca, ação voluntária. São histórias que, ao serem iniciadas, não se tem ideia de como serão desenvolvidas, e nem de qual será o epílogo. As primeiras palavras, o "era uma vez" oculto, começam a guiar a si mesmas. Nessas histórias, as palavras são mágicas, e adquirem uma vida própria, ativa e desafiante. Aí está, caro leitor, a razão do título. A tarefa de compô-las permanece muito mais na adequação ortográfica, em acertos de termos, do que propriamente na narrativa que, não raras vezes, toma direção que nos contraria. Essas histórias, que fizeram a si mesmas, podem ser identificadas. São elas: "Palavras encantadas", "Bilhetes anônimos", "O pequeno Peter" e "O retrato".

Aí estão histórias que, em um ou outro caso, poderiam ser nossas histórias!

Almir Del Prette

Palavras encantadas

"Homem joga-se sobre os trilhos da ferrovia". Essa era a manchete do principal jornal da cidade. Os demais periódicos estampavam títulos semelhantes. Pouco abaixo, nas mesmas folhas, sabia-se mais sobre o acontecimento: um homem seguiu fielmente o que a esposa lhe mandara fazer em um momento de discussão, e se atirou nos trilhos. Felizmente, foi retirado do local por dois operários antes de ser vitimado pela locomotiva que quase o atropelou.

Os jornais apenas confirmavam o que todos já sabiam, mas, mesmo assim, atraíam a atenção dos curiosos. Alguns os compravam, outros os liam em pequenos grupos e, em geral, os comentários eram apaixonados. Donas de casa buscavam as vizinhas para mostrar recortes das notícias por cima dos muros, e as opiniões se multiplicavam. A cidade parecia despertada de sua letargia habitual.

O fato ocorreu em pleno verão, época que sempre deixava a cidadezinha mais modorrenta do que de costume. E naquela tarde se repetia um desses sábados de calor sufocante. O sol se refletia nas pedras mais claras do calçamento, de onde brotava uma forte quentura. Tinha-se a impressão de que as pessoas pareciam pregadas ao solo, movendo-se com lentidão, e ninguém se arriscava a apressar seus afazeres. Nas conversas, além do caso da quase tragédia, não faltavam queixas sobre o tempo, a ausência de chuva, o abafamento, a proliferação de insetos, e todas as outras desgraças de que se pudesse lembrar. E ainda havia sempre alguém que relacionava o acontecimento narrado pelos jornais com o calor, ajuizando que o fim do mundo estava próximo. Argumentos não faltavam: a primeira devastação geral, relatada nos livros sagrados, tinha sido por dilúvio; desta vez, considerando-se o calor, certamente seria por fogo. A chegada desse tempo tirava o juízo das pessoas.

Tárcio caminhava protegendo-se como podia do sol forte. Ao virar a esquina, reconheceu Francisco e Marinalva, colegas de trabalho, que vinham em direção oposta à sua. Após os cumprimentos, comentários sobre as atividades na repartição em que atuavam, na área de saúde, o assunto seguiu para as manchetes predominantes dos jornais do dia. O que se sabia também era que, fora as rixas costumeiras em casa, a vida do quase suicida corria bem: gozava de boa saúde, e até possuía razoável recurso financeiro.

Apontando para o jornal na mão do colega, Tárcio disse, como que fazendo uma afirmação e uma pergunta ao mesmo tempo:

– O que alguém diz a outra pessoa tem força suficiente para influenciá-la dessa maneira?

– De jeito nenhum! As pessoas são guiadas por desejos obscuros, ou por um destino no qual ninguém pode interferir – retrucou Marinalva, sem hesitação.

– As pessoas são como são – agora era Francisco quem respondia, como que anunciando uma grande verdade. E continuou arengando: – O próprio Jesus se conformou com o fato de não poder alterar os sentimentos menos nobres de Judas. "O que tens que fazer, faça-o logo", foi a sua reação. Certamente, isso revela um total desânimo quanto à possibilidade de modificar a disposição do discípulo. O homem que se jogou na linha férrea não o fez porque a mulher determinou. Ela participou de um acontecimento predestinado, sendo coadjuvante de uma força maior. Ele tinha de passar por essa experiência, fazia parte de seu destino.

Tárcio tinha dúvidas quanto a isso e pediu a atenção dos colegas para relatar duas experiências pelas quais passara, prometendo não levar muito tempo.

*****

– É do conhecimento dos amigos que durante muitos anos vivi na cidade de L. Ali, por pouco mais de um ano, morei em uma pensão situada numa rua das mais movimentadas, que cortava a cidade de um lado ao outro. Certa tarde, também de um verão como o de agora, tomado por estranho pressentimento, várias vezes entrei e saí de meu quarto, e a cada momento em que pretendia ganhar a rua, algo me detinha. Finalmente, peguei meu material escolar e, chegando à porta do prédio, tive minha atenção voltada para um vozerio na vizinhança. Aproximei-me para verificar o que estava acontecendo. Tratava-se de uma discussão entre uma mocinha de aproximadamente dezesseis anos e um rapaz por volta dos vinte e cinco. O moço era alto, forte, tinha queixo largo, nariz achatado, mas o que lhe sobressaía era o olhar penetrante e frio. A jovem era pequena, graciosa, rosto comprido e olhos tranquilos. O contraste entre ambos era evidente. Ela, com aparência juvenil, transmitia vivacidade e inteligência; ele exibia um estilo embrutecido, próprio dos que têm raciocínio lento. A menina estava visivelmente angustiada. Entre soluços, por várias vezes a ouvi dizer: "Eu vou ter essa criança... Você não vai me obrigar a tirá-la".

"Não foi difícil de compreender o que se passava. Fiquei parado, ouvindo a discussão como se fosse parte interessada. Ouvia também uma voz que soava dentro de minha cabeça, dizendo para eu não me meter. Além disso, o relógio indicava que poderia me atrasar em meus compromissos. Por um momento, a menina começou a chorar, mas persistia repetindo as mesmas palavras, e o rapaz se impacientava, demonstrando maior grosseria. Desci os dois degraus da escada que me separavam deles e, surpreso com minha ousadia, disse ao moço que ele não podia obrigá-la a fazer nada que ela não quisesse. Sem esperar resposta, voltei-me para a moça, dizendo-lhe para não se conformar e fazer o que julgasse correto. Ele lançou-me um olhar de viés, estufou o peito em postura desafiadora e, pronunciando bem as palavras, disse para eu não me meter onde não havia sido chamado. Com a interrupção, a garota pareceu ganhar fôlego, repetindo que teria o filho, quer ele, o namorado, gostasse ou não. O bate-boca continuou por um tempo que me parecia interminável quando, de repente, a mocinha girou rápida sobre a calçada e saiu quase a correr, desaparecendo em meio aos transeuntes. Ajeitando os pertences que conduzia, aproveitei para me retirar na direção oposta, olhando algumas vezes para certificar-me de que não era seguido. Nunca mais os encontrei.

"No ano seguinte, vim para B., onde resido até hoje. Para dar conta das despesas com a universidade, aluguei um quarto em um local perto do trabalho e comecei a fazer as refeições na casa da senhora H. Essa era uma prática comum na época.

"A senhora H. era viúva, por volta dos quarenta e cinco anos de idade. Juntamente com a filha mais velha, uma moça loira, alta, magra, de vinte anos de idade, a senhora H. cozinhava para estudantes. A família incluía uma colegial, com cerca de quatorze anos, e uma menina, com aproximadamente dez anos. A senhora H. era boa cozinheira, atenciosa e cordial com todos. A moça tinha traços indefinidos, não podendo ser classificada como bonita ou feia. Ainda que tratasse bem os comensais, era estranha e sorumbática. Fazia parte desse grupo de pessoas que transforma pequenos contratempos em gigantescos problemas: o atraso da entrega do gás, a sobra de suco deixada fora da geladeira, o frio repentino, a programação do cinema, tudo era motivo para queixas e mais queixas contra céu e terra. Sempre que lhe sobrava tempo nas tarefas de servir às mesas e auxiliar na cozinha, ela me procurava para conversar. Falava sobre sua vida, namoros, saudades de amigas, coisas do cotidiano.

"Em certa ocasião, relatou possuir grande habilidade para reconhecer, nas garrafas vazias de bebidas, pequenas partículas de ouro. Uma vez identificado o metal, ela cuidadosamente quebrava a garrafa, separava e juntava o conteúdo até obter um volume para a venda. Solícita, orientou-me sobre como deveria proceder para, com isso, obter algum dinheiro não previsto. Minhas tentativas, porém, não foram bem-sucedidas, e passei a lhe entregar as garrafas de que dispunha. Ela ria de minha imperícia e, não raras vezes, exibia-me triunfante os fragmentos encontrados, insistindo que ficasse com eles. Eu recusava e lhe deixava o produto, entendendo que, por direito, cabia a quem o localizasse.

"Um pensionista, que se dizia entendido de ocultismo, segredou-me que essa jovem, em passado remoto, fizera parte de um grupo de alquimistas que empregavam esforços tentando transubstanciar metal comum em ouro. Segundo ele, isso justificava sua habilidade. Esse grupo, conforme me revelou, teria afinidades com as ideias de Paracelso e Newton. Desses pensadores e outros mais, ela pouco ou nada sabia, porém sabia bem usar o dinheiro da venda do ouro na compra de cosméticos, transmudando sua face apagada em coloração viva, que combinava bem com a moda em vigor.

"Após algumas semanas, a rotina na pensão começou a seguir um ritmo nervoso e ao mesmo tempo contido, como se algo ruim estivesse prestes a acontecer. O tal versado em ocultismo comentou que, ao chegar para as refeições, sentia a presença de um ser invisível, que a tudo manobrava. O mais incrível era pensar que outros começaram a partilhar desse jogo, denominando, em um círculo reduzido, essa tal força de

A Coisa. Com o passar dos dias, aos poucos a face oculta do drama começou a se revelar. Um a um, os estudantes foram abandonando a pensão e, junto com eles, a variedade dos pratos foi restringindo-se. Nessa situação, a senhora H., sem a menor cerimônia, passou a assediar os comensais com pedidos de adiantamento ou empréstimos de dinheiro. Sem poder de reposição de gêneros, a qualidade da alimentação descambou de vez, gerando uma situação desagradável para todos.

"A falta de tempo para buscar outro local e as repetidas promessas de que tudo logo se normalizaria fizeram-me permanecer por mais um mês. Contudo, cansado de me alimentar mal, decidi ter uma conversa franca com a senhora H., informando-a de que deixaria a pensão ao final do mês em curso. Dirigi-me à sua casa no horário combinado para uma conversa reservada. Fui surpreendido por um verdadeiro pandemônio ao chegar à antessala. A dona da casa, completamente embriagada, mal se sustentando em pé, caía, levantava e tornava a cair, levando consigo utensílios e móveis em suas quedas. A moça e a meninota xingavam a mãe aos gritos, e a menor revelava uma língua afiada para palavrões. Não havia almoço e sobrava sujeira, pratos quebrados e cadeiras viradas pelo chão: o ambiente assemelhava-se a um boteco após briga de marginais.

"No outro dia, logo de manhã, a moça me procurou no trabalho e disse, entre lágrimas e soluços, que a irmã adolescente estava grávida, que as coisas estavam indo mal e que eu deveria procurar refeições em outro local, proceder como os demais. Contudo, choramingando, acrescentou que, se eu pudesse continuar até finalizar o mês, ela ficaria agradecida. Naquele dia, a família recebeu a visita do pai da senhora H., que eu conhecia de outra ocasião. Pelo que pude deduzir, o senhor P. realizou algumas compras, provendo o almoço com pratos básicos, acompanhados de verdura, bife acebolado e polenta. O senhor P. aparentava ter aproximadamente setenta anos. Tinha a cabeça totalmente calva, rosto vermelho e olhos azuis, quase faiscantes. Durante a refeição, sem ao menos pensar no que pretendia, abordei-o discretamente, dizendo que precisava falar-lhe. Novamente tive aquele estranho pressentimento, como se alguém me mandasse ficar calado.

"Ao sair, percebi que o senhor P. arranjou algum pretexto e me seguiu de perto. Quando virei a esquina, ele se aproximou. Pensei em recuar de meu propósito, mas era tarde. Contei-lhe então tudo o que sabia, desde as brigas, o descontrole das duas meninas com relação aos estudos, a gravidez da adolescente mantida em segredo. Ele me ouviu calado e, quando fiz menção à bebedeira da senhora H., perguntou:

"– Você viu isso? – Depois, o senhor P. manteve-se em silêncio, permanecendo de cabeça baixa, como se carregasse um enorme peso sobre os ombros, e não me dirigiu o olhar nenhuma vez. – A vida tem desses acontecimentos – fez esse comentário, em uma voz quase sumida.

"Ficamos em silêncio e me senti desconfortável. Olhando-o de relance, completei, algo sem jeito:

"– Isso é o que eu tinha para lhe falar. – Ele então interrompeu a caminhada, olhou como se me examinasse, deu meia-volta, levantou a mão em um aceno e retornou. Minha impressão era de que seu rosto estava mais vermelho ainda, porém seus olhos já não brilhavam tanto. No dia seguinte, retornei à pensão, encontrando apenas a senhora H. Aproveitei para lhe pagar o restante do mês, colocando-a a par de que havia encontrado outro local para as refeições.

"Muitos meses após esse acontecimento, aproveitando alguns dias de férias, fui a L. rever parentes e amigos. A necessidade de alguns produtos de higiene pessoal me levou a uma farmácia onde, surpreso, fui atendido pela filha mais velha da senhora H., que, demonstrando satisfação por me rever, contou rapidamente o que havia sucedido, detalhando as decisões tomadas pelo avô para colocar ordem na casa. Sua primeira providência foi a de jogar na pia toda bebida alcoólica; depois, estabeleceu regras severas quanto a despesas, horários de saída e retorno das netas. No dia seguinte, discretamente encerrou o negócio de refeições, pagou dívidas e manteve rígido controle sobre os passos de todos, incluindo os da própria filha. Decorridos poucos dias, fez, em segredo, vários telefonemas. Em uma manhã anunciou, para surpresa geral, que naquele mesmo dia estariam de mudança para a cidade de L., onde residiam outros parentes. Finalizando o relato, a jovem completou, sorridente, que a mãe nunca mais bebeu e agora trabalhava em um hospital, enquanto as irmãs estudavam em períodos diferentes para alternarem o cuidado com a criança, que, por sinal, era bonita e saudável. Relatou, ainda, que o avô vinha vê-las de quando em quando, mantendo controle de tudo. Ao sair, desejei-lhe felicidade, pedi que levasse recomendações à mãe e às irmãs. Ela então me confidenciou que nunca mais havia garimpado ouro nas garrafas. Não precisava mais desse expediente para cobrir pequenas despesas.

"No dia seguinte, retornei para B., e pouco depois tive nova surpresa. Ao fazer um lanche numa padaria, percebi, em mesa próxima, uma moça que mantinha animada conversa com uma criança, ao mesmo tempo em que me olhava com insistência. A criança, um menino, parecia ter pouco mais de dois anos, e vez por outra se desvencilhava da jovem e se aproximava de mim. Tentei puxar conversa, mas ele fugia, retornando para o lado da mãe. Ficamos nesse jogo durante algum tempo, até que a moça se aproximou. Perguntou-me se eu me lembrava dela. Respondi que não. Ela rememorou a cena com o namorado, quando ele a pressionava para não ter a criança. Disse que minha intervenção lhe havia dado coragem para tomar decisão contrária à do namorado. Contou-me ter sofrido bastante, mas que depois do nascimento do filho, tudo se arranjara. Havia conhecido um rapaz que a trouxe para B., reconhecendo a criança como filho. Quando nos despedimos, mandou que o menino me beijasse. O pequeno não se fez de rogado: abraçou-me fortemente e beijou-me o rosto. Antes de se despedir, ela também me abraçou. Antes de virar a esquina, mãe e filho acenaram em despedida. Eu permaneci por algum tempo no mesmo lugar, envolvido por um sentimento muito forte de que a vida pode ser surpreendente."

*****

Tárcio terminou a narrativa e olhou para os amigos. Francisco foi o primeiro a falar, procurando ser divertido:

– Assim caminha a humanidade. Talvez as suas palavras tenham produzidos esses movimentos do velho e da mocinha, mas talvez tais movimentos já estivessem programados.

Marinalva completou:

– E qual a direção desse movimento? Mesmo quem usa as palavras não sabe...

E se despediram ali, cada qual seguindo seu caminho.

Paulinho bom de barro

Morava em uma favela quase anexa ao bairro de Ermelino Matarazzo, zona leste da cidade de São Paulo, região reduto de corintianos e padres progressistas. Ali crescera, acostumado a viver mais na rua que na casa de dois cômodos que dividia com a mãe e o padrasto, que vivia quase sempre embriagado. Não enjeitava serviço, mas ultimamente o comum era vê-lo trabalhando como ajudante de pedreiro.

Naqueles bons tempos, nos anos setenta, os companheiros das Comunidades Eclesiais de Base tinham por costume referir-se ao bairro, cheios de orgulho, como República de Ermelino. Sob a inspiração do padre Lineu, ali se processava a revolução silenciosa que, em futuro não distante, traria a presença do Reino, depurando a exploração e a injustiça pelo amor. Ali, naquele grupo que aumentava em *número e graça*, todos acreditavam que os mansos herdariam a Terra onde não faltaria pão, leite e mel para crianças e velhos. Em vez de beatos ajoelhados e abatidos, de raparigas e rapazes filhos de Maria em eterna cantoria e procissão, a igreja se vitalizava em assembleias, discussões, cursos sobre fé e política, votações e a certeza de que Deus abençoava os que buscavam a justiça e, por acréscimo, mais benesses teriam os que perseverassem.

Os herdeiros dos céus deveriam antes conquistar a Terra, costumava dizer padre Lineu, olhando para Jesus, no "Sermão do Monte", e, ao mesmo tempo, para Marx, no *Manifesto comunista*. Em suma, no bairro de Ermelino Matarazzo, o pêndulo da igreja permanecia mais tempo à esquerda, ao passo que em outras prelazias demorava-se à direita. A imagem do pêndulo servia ao didatismo com que os padres das Comunidades Eclesiais de Base explicavam a história da igreja.

Ainda que evitassem referência à paixão do clero pelo poder e pelo ouro, os teólogos de Ermelino eram críticos e manejavam bem as diferentes estratégias de organização popular.

Nessa época, como a maioria dos garotos de sua idade, Paulinho se preocupava mais com as meninas e com o futebol de rua do que com o movimento popular, a cidadania, a luta contra a repressão política. Em sua fantasia, o Reino era formado por garotos, todos com bonés ajustados com a viseira para trás, perseguindo uma bola bem redonda em um campo de relva muito verde, observados e aplaudidos pelo povo escolhido e por garotas, garotas, muitas garotas. Incluía nesse devaneio o pão lambuzado de mel, o prato de arroz com feijão, a paçoca e a melancia. Incluía também Verinha, uma menina de quinze anos que morava em casa de alvenaria, na parte do bairro com ruas calçadas e esgoto. Todos esses desejos compunham o paraíso e, na compreensão do rapaz, não havia bem-aventurança maior. Disso ele tinha certeza.

O primeiro de maio em Ermelino era festa do povo. O exército e os patrões bem que tentavam organizar as festividades, mas os desfiles, mesmo o militar, pareciam não empolgar os moradores. Os escolares marchavam garbosos e, logo que passavam o palanque das autoridades, corriam apressados para o átrio da igreja. Até os soldados do *glorioso exército nacional*, como anunciava o locutor pelo alto-falante, logo que podiam discretamente tratavam de buscar o local onde havia música, dança, brincadeiras, comida. Logo ali, na parte alta, defronte à igreja.

O trabalho de organização popular da igreja de Ermelino era conhecido por todos e, é claro, pela Operação Bandeirante, DOI-CODI e os serviços dos *arapongas* de variados níveis. A ordem dos escalões superiores, porém, era a de não intervir, o que exasperava profundamente os agentes da repressão. Dizia-se até que a ordem partira do gabinete da presidência, após reunião com o homem forte do SNI. Falava-se que havia um plano secreto envolvendo inclusive gestões junto à mais alta hierarquia do clero no país e até do Vaticano. O certo é que a repercussão da morte de um operário nos porões de uma das prisões deixara a ditadura mais cuidadosa, e a última coisa que se desejava era um conflito com a igreja, principalmente com a Cúria Metropolitana de São Paulo, já que Dom Evaristo e seus assessores apoiavam abertamente os padres de Ermelino.

Alheio às tramas de um e de outro lado, Paulinho somente ficava triste quando percebia que a mãe tinha levado mais uma surra do padrasto. Nessas ocasiões, chorava escondido em meio aos casebres vizinhos, torturando-se por não ser forte o bastante para dar uma corretiva no bandido e jogá-lo para fora de casa. No mais, desfrutava a alegria de viver e perceber que ganhava altura, a voz que se alterava, o desejo insistente por uma garota, o desejo que morava em seu corpo e misturava-se às fantasias com fotos de mulheres nuas que via em revistinhas e ouvia nas histórias contadas por amigos.

Em seu trabalho, conheceu patrões favoráveis àquela forma de atuação da igreja, mas a maioria não queria saber de organização popular. Chegou a ouvir de gente boa, que ia à igreja de terno e colocava nota de grande valor no ofertório, que aqueles vermelhos não perdiam por esperar. A princípio não entendia sobre quem falavam, nem porque aludiam à cor vermelha, nem porque alguns padres andavam de batina escura e outros preferiam camiseta branca e calça *jeans* azul.

Assim corriam os dias de Paulinho, que se dizia bom de bola, mas que os colegas pedreiros, em tom de brincadeira, apelidaram de Bom de Barro. No próximo primeiro de maio, caso entrasse para o exército,

Paulinho estaria desfilando junto com alguns amigos, todos fardados. Mesmo não gostando de armas e guerra, nem em filmes, Paulinho ansiava por *servir ao exército*, como todos diziam. Sonhava ficar morando no quartel e aparecer fardado em casa, impor o maior respeito, e até dar uma dura no padrasto.

O tempo, que parece correr mais rapidamente na vida dos jovens, não tardou a indicar que havia chegado a época de se apresentar no quartel. Exames médicos, documentos, entrevistas, reuniões e a informação de que iria pertencer ao contingente dos selecionados naquele ano. A ordem era adotar uma estratégia de aproveitamento máximo dos jovens daquela região, os quais deveriam passar por treinamento rigoroso, o que incluía bom domínio da doutrina de segurança nacional.

Paulinho já não tinha mais tempo para o futebol, para as reuniões na igreja ou mesmo para os passeios com os amigos. Sua vida parecia ter ficado presa indefinidamente à rotina militar. Os exercícios se sucediam, manobras ocorriam a todo o momento, simulações deixavam os recrutas em estado de alerta e, é claro, com os nervos à flor da pele. O padrasto, longe de se intimidar, vez por outra o chamava de *soldadinho de chumbo*, debochando o mais que podia. Ao que parece, o homem não temia nem o demônio, nem a farda, continuando a vida de explorador de mulheres, sabe-se lá quantas, e a se encharcar de álcool.

Tudo fora preparado com esmero pelas autoridades para aquele primeiro de maio. O plano era neutralizar a influência crescente da igreja nas escolas e fixar o povo junto ao palanque, atento ao sorteio de prendas, que incluíam pequenas e grandes atrações, como panelas de pressão, bicicletas e até mesmo um Fusca. Os membros da comissão de organização dos festejos estavam felizes e diziam entre si que o povo não era bobo de trocar brindes por falatório. Dessa vez, padres e sindicalistas fariam seus discursos esquerdizantes para eles mesmos.

Nos bastidores da repressão, sabia-se que os padres adeptos da Teologia da Libertação seriam transferidos, de preferência, para dioceses em que bispos conservadores controlavam de perto toda e qualquer ação de catequese. As indicações recaíam sobre localidades isoladas e pacatas, de preferência no interior de Minas Gerais.

Enfim o primeiro de maio chegou. Tudo parecia correr conforme o planejado no serviço de inteligência. Antes do início do desfile, o locutor se esmerava no convite aos *cidadãos* de Ermelino Matarazzo, *patriotas de verdade*, insistindo que todos comparecessem à *grandiosa festa cívica*. Falava-se da visita de autoridades importantes: o vice-governador do estado, o ministro do Trabalho e altas patentes militares.

Antes do desfile, Paulinho conseguiu permissão para visitar às pressas a mãe, encontrando-a abatida, com os olhos arroxeados e vergões nos braços. Ao vê-lo, o padrasto insistiu no mesmo mote, chamando-o de *soldadinho de chumbo*. O rapaz sabia que precisava retornar imediatamente e procurava ignorar os insultos. A cada momento o padrasto sorvia, de uma garrafa, grandes goles de aguardente, erguendo os punhos ameaçadores. Sua voz era estridente e repetia-se como em um estribilho:
– Soldado de chumbo maricas, soldado de chumbo maricas, soldado de chumbo maricas...

Paulinho procurava conter a raiva que crescia em seu peito. Saiu correndo sem se dar conta de que era perseguido por aquele homem, que, em visível estado de embriaguez, xingava-o sem parar. Na rua, o desfile dos escolares já havia começado. Paulinho correu até sua tropa, colocando-se em ordem, enquanto o locutor afirmava que a participação militar seria feita por um grupo especial, formado apenas por jovens do próprio bairro. O pequeno contingente de recrutas avançou, tendo à frente Paulinho, com a bandeira brasileira sobre o ombro direito. Seguiam os soldados em passo ritmado. De repente surgiu, a poucos metros do grupo, como que saindo do nada, a figura de um homem bradando coisas ininteligíveis. Inesperadamente, alguém gritou que ele portava uma arma. O grito, o medo latente, a propaganda sobre o terrorismo foram suficientes para a multidão começar uma desordenada e alucinada correria. Gritos, choros, lamentos... Pessoas tropeçando umas nas outras. Desespero. Medo. Muito medo. E, de repente, um tiro.

Um enorme silêncio se fez, e o homem, no centro da rua, levou uma das mãos ao peito e a outra se ergueu como que puxada para cima por cordão invisível. No movimento, deixou escapar a garrafa de cachaça, que descreveu uma suave trajetória no ar, girando sobre si mesma, caindo e espatifando-se em muitos pedaços defronte ao palanque de onde as autoridades já se haviam retirado. Os soldados ainda tentavam manter a disciplina continuando a marcha, interrompida pela contraordem dada por um oficial. Feridos foram retirados às pressas, o policiamento isolou o local e parte da multidão se refugiou na igreja. Empurrado por um dos companheiros, Paulinho via, confuso, o corpo exangue do padrasto ali na rua. E o desfile terminou repentinamente, sem que os brindes fossem sorteados.

O corpo estendido no asfalto apareceu estampado nos jornais do dia seguinte, com dois livros presos às mãos. Um era o conhecido livreto da igreja, tendo na capa um desenho estilizado de Jesus com cabelos repartidos ao meio, barbas longas e os braços abertos. Na altura de seu tórax, lia-se *Pastoral da terra* e, abaixo, próximo aos joelhos, "Os frutos da terra são para todos". O outro, uma brochura de capa clara, trazia em vermelho "K. Marx e F. Engels". E, no centro, também em letras vermelhas, *Manifesto do Partido Comunista*. Quase na base da capa, duas fotos pequenas, do tipo documento, colocadas lado a lado. Marx, à esquerda, aparentando ser mais velho, exibe grande parte da cabeleira e barba embranquecidas. Engels também aparece com barba, porém bem aparada, e usava gravata escura. Curiosamente, pareciam olhar em direções opostas.

Sobre o que aconteceu ao país – a abertura política, a luta pelas eleições diretas, a arbitrariedade não apurada, a trajetória da Teologia da Libertação, o silêncio obsequioso ou não dos padres progressistas, o arrefecimento dos movimentos populares, a rendição ao neoliberalismo pelos partidos de esquerda no poder –, todos sabem.

Quanto a Paulinho, terminado o tempo de serviço militar, retornou ao bairro, para a residência da mãe. Sua vida de trabalhador, muitos anos depois, pouco ou quase nada mudou. Continua amassando o barro, misturando diariamente cimento, água e areia ao suor que lhe escorre do rosto. Guardados na lembrança, permaneceram aqueles dias de sonho e esperança. Verinha sumiu sem deixar nenhuma pista. Comentou-se, durante algum tempo, que teria cursado faculdade, mudado com a família para um lugar distante. O beatismo retornou à igreja do bairro. Entre o átrio da igreja e o local em que se colocava o palanque, foi erguido, junto à calçada, um pequeno monumento. Um obelisco de pedra não lavrada, com quase dois metros de altura, tendo sido chumbados, na parte alta da pedra, um capacete militar e duas carabinas cruzadas na altura das baionetas. Na parte central, foi colocada uma inscrição em bronze: "01-05-1978 – AQUI OS INIMIGOS DA PÁTRIA FORAM DERROTADOS."

Até hoje, ao entardecer, os meninos dependuram na ponta das baionetas, de um lado e de outro, suas camisas, para recolhê-las ao final da partida de futebol. E, quando a noite chega, os casais de namorados têm por costume ali se esconderem em busca de sensações que não sabem se pertencem à terra ou aos céus.

Uma mudança pouco perceptível ocorreu com muitos jovens do bairro. Paulinho, como outros colegas, perdeu o jeito de olhar para o chão ou para os lados; seus olhos parecem mirar mais longe, como que buscando outros horizontes. Ao cruzar com homens ou mulheres elegantemente trajados, não mais desliza para a rua, mas segue sereno pela calçada, cedendo passagem por educação. Desenvolveu também um andar decidido, e, quando percorre as ruas do bairro, o faz com os passos largos de alguém que aprendeu algo sobre os caminhos. E seja qual for seu trajeto, recorda-se do que aconteceu naquela época, ouvindo um ruído da vida que vem de longe, como um murmúrio de esperança.

As vidas de meu avô

Não sei precisar quando conheci meu avô. Ele aparece em minhas lembranças mais remotas, causando-me a impressão de presença contínua desde quando comecei a dar conta de minha existência. As noções de tempo e lugar, a sucessão de acontecimentos que recordo ou imagino terem acontecido no início de minha experiência de existir desenrolam-se confusamente quando evoco o passado. As tentativas de compreender o existir e o não existir levavam-me a devanear sobre o momento primeiro da vida, com as explicações de parentes sobre eu ter surgido em um pé de alface ou ser trazido pelo vento alegre de agosto. De todo jeito, confortava-me a ideia de que meu avô já existia e estava esperando-me no mundo. E fui acostumando-me com essa ideia que me acompanhou e ainda hoje permanece comigo, envolvendo-me com suavidade, mesmo sabendo que ele não mais está aqui.

Durante muito tempo, empenhei-me em compreender o mistério do existir, mas pouco obtive de meu avô. Não tinha a menor ideia da dificuldade que lhe impunha com minhas perguntas. Lembro-me de que ele não desconversava. Isso não era de seu feitio. Na maioria das vezes, mantinha-se calado, como a considerar o quê ou como devia falar sobre tais assuntos a um pirralho curioso. Comparando-o a meu tio, que tinha resposta para tudo e tagarelava sem parar, posso dizer que aprendi mais com seu pesado silêncio. Uma vez ensaiou uma resposta que me acalmou durante algum tempo. Vendo-o em uma foto da época de seu segundo casamento, perguntei-lhe onde eu me encontrava.

Ele demorou um pouco e disse-me que eu residia no sonho de meus pais, e isso era uma forma que a vida encontrava de nos criar sem nenhuma pressa. Meu entendimento sobre o que isso podia significar era nulo, mas me pareceu algo melhor que a história do pé de alface. Pensei também que pessoas importantes têm algumas vidas.

Mesmo sem uma clara noção de seu passado, descobri rapidamente que ele teve vidas prévias àquela da qual eu fazia parte. Uma delas refere-se à sua infância em lugares distantes e sossegados, onde as coisas se mantinham quase inalteradas; a outra compreende sua adolescência, as escolas, as amizades, as andanças pelas ruas de tantas cidades, as experiências com o amor, os sonhos que ficaram para trás e tudo o que contribuiu para forjar seu jeito de ser. Dessas vidas, pouco fiquei sabendo. Seus comentários pareciam-me pequenos retalhos que mal permitiam antever a extensão do tecido maior. Fiz várias tentativas de desvendamento de outras de suas vidas. Certa vez, observando que meus tios e meu pai fumavam, perguntei-lhe por que ele não fumava. Interrompendo o que fazia, contou-me que já havia fumado e que, em uma ocasião, retornando de uma viagem a cavalo para a cidade onde morava, viu-se diante de uma tempestade ameaçadora. O vento forte praticamente o impedia de continuar, obrigando-o a descer da montaria. Em meio à ventania, tentou acender um cigarro, em inúteis tentativas. Disse-me, com expressão singular, que tudo aquilo lhe pareceu absurdamente ridículo e, envergonhado, jogou o mais longe possível a carteira de cigarros e o isqueiro. Encerrou a narrativa acrescentando que, após esse incidente, nunca mais fumara.

Uma terceira vida de meu avô, própria de um passado com alguns registros, foi sendo desvendada aos poucos, instigada por velhos álbuns de fotografias, nos quais sua presença chamava a atenção. Lá estava ele, em fotos amarelecidas pelo tempo, alto, corpulento, cabelos lisos e escuros, barba e bigode bem cuidados, paletó e gravata. Com muita frequência, deixou-se fotografar segurando em uma das mãos um chapéu. O hábito de usar chapéu o acompanhou por todos os seus dias.

– Vô, aqui ao seu lado é a vovó? Onde estava a mãe? Qual era essa cidade? E este chapéu, de que cor era?

Ele respondia minhas perguntas e contava-me muitas coisas, aguçando-me a paixão por conhecer o mundo: Campinas era uma bela cidade com muitas andorinhas, e o povo deixou a elas um casarão onde funcionou por muito tempo o Mercado Municipal; em Botucatu, um sujeito, indo pela primeira vez ao cinema, ao ver o personagem armado, puxou o revólver e deu um tiro na tela; Serra Negra tinha um inverno tão rigoroso que a água das lagoas congelava; os moradores de Amparo eram muito educados e jamais deixavam de cumprimentar uns aos outros.

Eu imaginava essas cidades que me eram desconhecidas: as andorinhas em revoada, as crianças retirando gelo de um lago, pessoas que passavam e diziam: "Bom dia!", "Boa tarde!", "Como vai?", "Desculpe-me a distração, preciso lhe cumprimentar!", "Tenha uma boa noite!"

Meu avô havia-se casado duas vezes. Com a primeira mulher, minha avó, tivera duas filhas. A mais velha, minha mãe, teve cinco filhos; a mais nova, minha tia, quatro. Sua segunda mulher engravidou e faleceu, juntamente com a criança, durante o trabalho de parto, o que deve ter sido uma perda enorme para meu avô. Segundo o que me contaram, ao ficar viúvo, ele foi levado por meu pai para residir naquela que seria também minha casa, ainda antes de meu nascimento. Nunca pude imaginar nossa família sem a presença dele, que, nos momentos mais difíceis, trazia-nos uma enorme segurança. A partir daí, identifico sua quarta vida.

Integrando-se ao nosso convívio, ele tentou preservar alguma coisa de pessoal. Sobre alguns assuntos ele se reservava o direito de não comentar. Um desses assuntos era seu segundo casamento, ou porque minha mãe não gostava de sua madrasta, ou porque todas as suas lembranças foram dedicadas à minha avó, considerada por ele uma mulher notável. Algumas vezes, dava-me a impressão de que meu avô não se incomodava de ficar em um plano secundário para realçar os méritos de minha avó. Outra coisa que o aborrecia era qualquer referência a alguma namorada. Jamais soubemos algo contado por ele mesmo. Morando em cidade pequena, todos sabíamos de algumas de suas aventuras de viúvo, relatadas por parentes ou amigos; contudo, como que em acordo tácito, nada se comentava.

Sua quinta vida corresponde à época de muitas descobertas para mim. Nesse período, ele ainda possuía um grande vigor físico, nunca permanecendo inativo, a não ser à noite. Com toda sua atividade, ele representava para todos nós uma janela para o mundo, não só porque nos tirava de casa, levando-nos a seu trabalho, mas também porque, pacientemente, ensinava-nos muitas coisas. Orientava-nos a colar o ouvido ao trilho para identificar se o trem estava próximo ou ainda distante. Usando seu relógio de bolso, fazíamos a estimativa do tempo da chegada da locomotiva, resfolegando fumaça e fogo. Ao atravessarmos o pontilhão, de onde se via o rio alguns metros abaixo, percebendo que eu e minha irmã sentíamos medo, ele nos dava as mãos e íamos adiante confiantes. Quando aprendi a ler, muitas vezes o procurava para que decifrasse o significado das palavras. Em certa ocasião, li em um muro a frase: "ANISTIA PARA PRESTES". Fui imediatamente procurá-lo, e sua resposta gerou, como de costume, mais perguntas.

– Isso quer dizer que estão pedindo que Prestes seja perdoado.

– Pedindo a quem?

– Ao governo.

– E quem era esse tal de Prestes? Que quer dizer "comunista"? Ah! E não é bom que todos tenham o que comer? Por que ele estava na União Soviética? Afinal, era Rússia ou União Soviética? – Sua paciência tinha que ser enorme.

Desde pequeno eu dormia no mesmo quarto que meu avô. No inverno rigoroso, percebia que ele arrumava alguma coberta adicional para colocar sobre mim. Quando entrei para a escola, ele me ensinou alguns jogos de baralho, como escopa de quinze, bisca, rouba-monte. Aprendi as operações básicas com rapidez e meu rendimento em aritmética melhorou bastante, graças aos jogos que fazíamos à noite. Dentre algumas tarefas que ele havia assumido em casa, uma era a de cuidar para que não faltasse lenha, mantendo bem abastecido o depósito junto ao fogão. Diariamente, levantava-se antes de todos, acendia o fogo, fervia o leite, colocava água na velha chaleira, e, quando minha mãe ia para a cozinha, bastava-lhe coar o café. Com o passar dos anos, a atividade de rachar lenha começou a lhe pesar cada vez mais. Eu o ajudava, trazendo o machado, a marreta e as cunhas; eu também juntava os gravetos e espalhava a madeira aberta para secar ao sol. Era incrível vê-lo marretando vigorosamente a cunha, produzindo fendas e rachaduras nos troncos. Após essa lida, quase sempre por mais de uma hora, encharcado de suor, ele jogava água sobre a cabeça, o peito descoberto, refrescando-se e lavando-se. Ao inventariar o montante do trabalho, mesmo minha ajuda sendo quase nada, ele falava de um jeito que me incluía no resultado obtido: – Menino, veja o que fizemos... Não está mau o que conseguimos nesta tarde.

Quando meu pai faleceu, minha mãe ficou desolada por muitos meses, e o papel de meu avô ganhou mais um significado. Era, então, pai de uma viúva com cinco filhos para criar, e aí teve início a sua sexta vida. Foi um longo e difícil período para todos nós, que tivemos de aprender a lidar com o estranho sentimento da perda e da saudade. Meu avô era pessoa muito sensível, mas manteve-se sereno. Não sei sobre os sentimentos de meus irmãos. Quanto a mim, esse meu primeiro encontro com a morte e as questões que ela impõe se transformaram em uma dolorosa experiência. Eu tinha sete anos, e não compreendia por que meu pai jamais iria retornar ao final da tarde, que não mais iria vê-lo colocar o pé na cadeira ou na parte média do fogão, enquanto eu e minha irmã brincássemos passando por baixo de sua perna, ora de um lado, ora do outro. Lembro-me de ter evitado a sala onde o corpo foi velado, permanecendo à distância. No momento de se lacrar o caixão, dois tios vieram buscar-me para a despedida. Percebendo meu sofrimento, meu avô interrompeu a exigência que me faziam e, dando-me a mão, levou-me para outro lugar. Sentir sua mão grande e forte trouxe-me certo alívio e a sensação de que não estava só. Caminhamos um pouco, e ele não me disse uma única palavra, ao contrário da maioria dos parentes, que falavam muito, sem perceber que eu não os ouvia. Fiquei imensamente grato por seu silêncio, por essa compreensão de que há momentos na vida em que até Deus deveria silenciar.

Com o passar do tempo, minha amizade pelo meu avô aumentou mais ainda, mas, também, gradualmente aumentava a impressão de que suas vidas estavam-se esgotando. Em meu entendimento, era sua sétima vida, uma vez mais voltada para a nossa família. Foi um longo período, em que assistíamos, sem poder fazer coisa alguma, o seu abatimento gradual. O físico definhava, mas sua coragem de enfrentar as adversidades parecia continuar intacta. Sua única queixa estava relacionada a uma dor contínua, e aparentemente muito forte, no joelho. A despeito da dor, ele caminhava bastante, apoiando-se na bengala. Os demais hábitos prosseguiram: continuou a se levantar antes do sol nascer para tomar providências junto ao fogão, ferver o leite, proteger gravetos da chuva.

Aos pouco procurei me incumbir da lenha. Ele teimava em não me ceder o machado, pois queria continuar fazendo a tarefa que havia assumido. Somente deixou de cuidar inteiramente da lenha quando o fogão a gás se tornou comum, superando a antiga maneira de cozimento dos alimentos. Nessa época, segundo estimativa de minha irmã mais velha, ele teria mais de oitenta anos, e suas dificuldades de locomoção e de movimento se acentuaram. Percebendo seus esforços, consegui convencê-lo a consentir que eu lhe fizesse a barba todos os sábados. Antes de barbeá-lo, eu afiava a lâmina em um copo de vidro e molhava o seu rosto com água morna para tornar os fios menos duros. Terminada a tarefa, trazia-lhe o espelho, e algumas vezes ele pedia para aparar melhor o bigode. Dificilmente se esquecia de me agradecer, elogiando com frequência meu trabalho.

Minha mãe faleceu sem atinar totalmente com o envelhecimento progressivo de meu avô. Talvez no íntimo ela tivesse alguma esperança de que ele nos encaminhasse melhor na vida. Naquela situação, fomos todos morar com minha irmã mais velha, já casada, que generosamente nos acolheu. Novos sofrimentos, mas meu avô, surpreendentemente, aguentou firme. Preocupando-se com meu futuro, tentou arregimentar ajuda de conhecidos para colocar-me como funcionário na estrada de ferro, mas seus esforços não foram bem-sucedidos, principalmente porque era difícil conseguir emprego antes do serviço militar. É possível que meu avô percebesse meu desejo de viajar, de conhecer outros lugares, e, nesse caso, a ferrovia representava uma boa opção. Sem emprego fixo, manter--me nos estudos foi ficando cada vez mais difícil.

Um dia, bastante desanimado, comprei uma garrafa de aguardente e tomei alguns goles. A reação foi rápida: o mundo parecia girar, céu e terra se confundiam, um suor gelado descia-me pelas têmporas enquanto o estômago revirava violentamente. Caí na cama e subitamente adormeci.

Meu avô indagou se eu estava doente, e foi informado de que eu me havia embriagado. Ele então pegou uma cadeira, sentou-se ao lado da cama e esperou pacientemente eu acordar. Ao abrir os olhos, vi seu rosto apreensivo. Tentei levantar, mas ainda não estava recuperado, e ele estendeu a mão para me ajudar. Consegui sentar na cama. Ele olhou-me de uma maneira que me pareceu penalizado, dizendo-me que a bebida não iria ajudar. Disse-me uma porção de outras coisas, sem omitir sua preocupação. Subitamente se interrompeu, convidou-me a levantar e ir tomar um café em sua companhia. Minha vergonha era muito grande e, felizmente, ele não mais falou sobre o assunto. Como era possível um velhinho que mal conseguia andar possuir tanta firmeza? Quantas vidas ainda ele teria?

Meu avô viveu por mais quatro ou cinco anos. A única vez que não se levantou cedo, bem cedo, foi porque havia morrido.

Bilhetes anônimos

Matilde e Afrânio tinham uma existência comum. Uma vida arrastada pela rotina dos acontecimentos diários. Moviam-se como outros casais, meros fantoches manejados por mãos invisíveis, mas poderosas o suficiente para, interpondo alguns fatos, deixá-los tranquilos, ou muito infelizes e ansiosos. Costumeiramente, davam exagerada importância a pequenos acontecimentos, como à falta repentina do gás de cozinha, ao atraso de algum pagamento ou à ausência de algum item da alimentação. Na lida com esses contratempos, empregavam mais energia do que a necessária, e sentiam-se cansados e desanimados. Ambos eram saudáveis, possuíam o conforto da casa própria, do carro quase sempre do ano e da segurança da poupança financeira razoável. Porém, como muitas outras pessoas, pareciam condenados a uma existência esvaziada de emoção criativa. Ainda que às vezes diferissem na maneira de encarar a vida, ambos acentuavam, via de regra, mais os pontos negativos do que os positivos. Os acontecimentos que serão relatados vieram de conversas com o casal. Contudo, Afrânio forneceu mais informações do que Matilde, que, na maioria das vezes, apenas confirmava ou acrescentava dados ao relato do marido. Isso explica uma participação maior dele na narrativa do que dela. Excetuando os nomes fictícios de todos, acredite ou não o leitor, estes são os fatos tal como se sucederam.

I

Matilde não havia conseguido engravidar, e Afrânio, embora nunca a criticasse por isso, foi aos poucos se distanciando, tratando-a friamente, ainda que de maneira cortês. Aos quarenta e seis anos de idade, seus dias de casada eram formados por uma rotina triste e silenciosa. Em sua vida, não havia risos, sonhos, nem mesmo aquelas pequenas desavenças comuns entre pessoas que vivem juntas. Para uma mulher nessa idade, ela conservava muitos dos encantos da juventude. Possuía corpo esbelto, cabeça bem feita e rosto bonito, ligeiramente comprido, emoldurado por cabelos cacheados; os seios eram firmes, a cintura, delgada, as pernas, duras e bem torneadas.

Havia algo que a empurrava para a negação de qualquer valor de si mesma. Um sentimento que ela mesma não podia compreender. Tudo o que sabia é que experimentava uma tristeza quase permanente. Exames de hormônios e *check-ups* médicos nada revelaram. A medicina não tinha o que sugerir. Consultas a psicólogos trouxeram suposições vagas sobre depressão. Após dois anos de terapia, sem obter resultados animadores, preferiu desistir e passou a se dedicar quase inteiramente ao trabalho.

Matilde havia obtido formação como professora graças a seus esforços e a sua inteligência, pois era de origem humilde, tendo de trabalhar para se manter na faculdade. No período da manhã, trabalhava na pré-escola e, à tarde, duas ou três vezes por semana, ministrava cursos de inglês em sua casa, preparando pessoas para viagens ao exterior. Os alunos, em sua maioria mulheres solteiras ou descasadas, queriam aprender inglês o suficiente para uma conversa rápida em compras, fazendo-se entender nos passeios ou em pequenas aventuras longe da vigilância de parentes. Além dos assuntos de um típico programa de inglês, auxiliava o grupo no preparo de um rol de palavras e frases para serem usadas como recursos de entendimento durante as viagens.

Palavras e frases que sugeriam intenções nem sempre concretizadas, revelando, porém, desejos de liberdade e aventuras. Algumas vezes, as alunas incluíam a professora em brincadeiras, com comentários discretos sobre o casal. Matilde sentia-se corar quando faziam alusão à paixão e ao arrebatamento do marido, esquivando-se do assunto ou então respondendo com monossílabos. Com o casamento, acreditou viver um belo sonho de amor. Todavia, aos poucos, foi percebendo uma realidade diferente da que havia idealizado. Amava o marido, mas parecia ter dificuldade para romper a barreira que os mantinha distanciados.

II

Afrânio tinha uma vida exemplar. De casa, para o banco onde trabalhava, e deste para casa. Jamais aceitou convites para um *happy hour* ou qualquer tipo de reunião que não incluísse coisas de trabalho. Os colegas há muito haviam desistido de tentá-lo para uma escapada, mesmo a mais inocente. Piadas "sujas" ou revistas sobre sexo passavam ao largo de sua mesa. Ele fizera carreira no banco, começando como *office-boy*, até alcançar a posição de gerência. Comentava-se em segredo que dificilmente seu nome apareceria na lista de dispensáveis, mas que também seria sempre preterido para qualquer promoção importante na agência. Dizia-se ainda abertamente que, com cinquenta e sete anos e certa vocação franciscana, a direção do banco não via o momento de se livrar dele, deixando-o à deriva até a aposentadoria, ou abarrotando-o de tarefas até obrigá-lo a desistir, o que significava requerer a inatividade ou mudar de emprego.

Afrânio, entretanto, era resistente. Enquanto muitos dos colegas recorriam a atendimento médico ou faziam terapia, ele aguentava firme. Poucas vezes precisou se ausentar do serviço para algum tratamento, salvo visitas de rotina ao dentista. Quando muito, permaneceu dois ou três dias acamado por causa de alguma virose em quase trinta e cinco anos na agência. Repunha suas faltas religiosamente, mesmo a contragosto de seu diretor. O pai de Afrânio, Ezariel Havdalá, era judeu, tendo trocado a Polônia pelo Brasil ainda menino, pouco tempo antes de as tropas nazistas ocuparem aquele país. Aqui se casou com uma brasileira e teve apenas um filho, aceitando que ele se chamasse Afrânio, e que fosse educado como cristão. Em dois pontos o velho Havdalá não transigia: a alimentação *kosher* [1] e o cumprimento do *mitzvá* [2]. Entre os deveres, o que mais cultuava era pagar as dívidas, e assim educou o filho. No mais, era absolutamente tolerante. Essa maneira de Havdalá se comportar aproximou a esposa de suas crenças, e ela guardava fervorosamente o *shabat* [3] e se encantava com o *yom kippur* [4].

Em várias coisas, entre as quais a retidão de caráter e a fé judaica, Afrânio se parecia com o pai. Quanto ao aspecto físico, era um homem razoavelmente bem apanhado. Alto, cabelos castanhos embranquecidos nas têmporas, nariz ligeiramente aquilino, olhos pequenos e inquietos. Aparentemente, era um típico bancário: camisa social branca, terno bem cuidado e quase sempre com gravata. Enfim, podia-se dizer que era um conservador não apenas em relação aos trajes, mas também ao modo de vida.

Com relação à esposa, dedicava-lhe um carinho reservado, contido. Sempre a amara à sua maneira, e assim continuou a amá-la, mesmo quando soube que não poderiam ter filhos – um de seus desejos era o de dar continuidade ao nome Havdalá. Sentia uma cobrança muda do pai,

---

[1] Alimento preparado conforme prescrito pela lei judaica.

[2] Regras morais do judaísmo, que devem ser cumpridas diariamente.

[3] Dia do sábado, instituído por Moisés como sagrado e, portanto, de descanso.

[4] Dia do perdão, honrado pelo judaísmo.

que o olhava longa e tristemente quando a conversa resvalava para o assunto de família e filhos.

III

O casal praticamente não tinha amigos. Aos domingos, eles preferiam ficar com os pais, ora na casa da família de um, ora na de outro. Durante a semana, Afrânio almoçava em algum restaurante próximo à agência, evitando qualquer tipo de carne, e retornava sem muita demora ao trabalho. Nos dias em que não havia aula de inglês, o casal fazia um lanche por volta do anoitecer. Após alguns assuntos, que quase sempre se repetiam, Afrânio folheava o jornal ou se dedicava às tarefas que trazia do trabalho, enquanto Matilde preparava o material de seu programa escolar ou corrigia cadernos de alunos. Pelo menos uma vez na semana, liam juntos o *Talmude*[5].

Nos dias de aula, certo burburinho tomava conta da casa, e Afrânio procurava entrar mais silencioso ainda. Deixava o sobretudo pendurado no mancebo à entrada, cumprimentava os presentes e desaparecia em direção à saleta de televisão, ou ia direto ao quarto descansar. Evitava demorar-se na sala, a não ser quando respondia às perguntas das alunas sobre cotação do dólar e previsões sobre o câmbio. Com o passar do tempo, essas conversas foram repetindo-se, e, algumas vezes, estendiam-se um pouco mais. Nessas situações, Matilde se mantinha calada, quase nunca fazia comentários, exceto para dar algum recado ou informar ao marido algo sobre o jantar, o que propiciava a oportunidade para ele pedir licença e afastar-se. O fato é que todos achavam que o

---

[5] Livro da cultura judaica, originalmente escrito em aramaico, entre os séculos II e XVIII, por mestres do judaísmo.

casal era feliz, e ninguém desconfiava de que o relacionamento deles se mantinha sufocado pela rotina.

Um dia, aconteceu algo inesperado. Após tomar o café da manhã com a esposa, Afrânio teve um pressentimento estranho de que algo estava por ocorrer. Pela primeira vez, imaginou-se longe da esposa. Pensou também como seria a vida deles um longe do outro. Não atinava o porquê desses pensamentos que desapareciam e retornavam. Irritou-se consigo mesmo, esforçando-se por se concentrar nas tarefas que o esperavam no banco. Tudo em vão. Ao se despedir da esposa, tentou um gesto de carinho que, todavia, não conseguiu concretizar. A mão lhe parecia pesada, incapaz de obedecer à vontade, detendo-se imóvel no ar. Em vez de uma carícia mais ousada, cedeu ao ritual, beijando-a no rosto. Matilde olhava-o e buscava os olhos do marido, os quais, por sua vez, evitavam fitá-la. Então, ela franziu levemente as sobrancelhas, expressão que lhe era peculiar quando não entendia as reações das pessoas. Abriu e fechou a boca como se fosse falar, mas permaneceu silenciosa. Afrânio suspirou profundamente, entrou no carro e partiu. Por duas vezes, confundiu-se no trajeto que fazia diariamente, e que jurava poder realizar com os olhos fechados.

Estacionou o carro no lugar costumeiro, enfiou as mãos nos bolsos para se proteger do frio e tratou de acelerar os passos em direção à agência. Foi quando se deu conta de um papel em seu bolso direito. Curioso, desdobrou-o com cuidado e leu:

"Espero ansiosa os dias para revê-lo.
Se você olhar bem, vai descobrir quem é a autora deste bilhete."

Que brincadeira era aquela? Quem teria deixado aquele bilhete em seu bolso? Por um momento, repassou na retina as figuras das alunas.

Seria Suzi, uma morena de olhos escuros e atrevidos? Não, não, talvez fosse alguém mais jovem, a Lucy, por exemplo. Pensou em Eneida, e logo a descartou. Lembrou-se de Bianca, Angelina e Fernanda, que estavam sempre juntas. Analisou-as sem se decidir por nenhuma. Teria sido alguma funcionária do banco, ou algum colega? Na certa se tratava de uma galhofa, um trote, e o melhor que tinha a fazer era não se preocupar. Porém o dia lhe pareceu comprido, achou o almoço insípido, e, ao final do período, sentia-se mais cansado do que costumeiramente. Foi um dos primeiros a deixar a agência, causando surpresa aos colegas. O fato é que não conseguia, por mais que se esforçasse, deixar de pensar no bilhete. Deveria ou não mostrá-lo a Matilde? E se ela o acusasse? Poderia achá-lo ridículo ou pretensioso, fazer comentários junto a parentes. O que as pessoas pensariam? Tentou responder a essas perguntas, argumentando que não havia nada contra ele. Entretanto, admitia que coisas assim podiam ter desdobramentos perigosos. Depois de tanto refletir, decidiu-se por esperar e permanecer atento.

Em seu retorno a casa, novamente foi tomado pela sensação de que algo estava diferente. A esposa parecia olhá-lo a todo momento com jeito interrogativo. Pretextando cansaço, foi deitar-se. Dormiu em seguida, tendo sonhos confusos durante os quais dava carona para uma aluna, sem conseguir identificar de quem se tratava, pois via apenas seus olhos. Com voz soturna, ela repetia sem cessar: – Nós não somos todas iguais. – De repente, viu-se em outro local, onde seu chefe conversava de maneira amigável com Matilde. O ambiente tinha a aparência de um tribunal. Um homem já velho vestia-se com uma toga, a seu lado havia um militar, ambos exibiam expressões graves. As demais pessoas não possuíam rostos. Alguém o intimou a se explicar, mas que o fizesse em inglês. Começou a sentir uma forte opressão no peito. Procurou justificar dizendo-se inocente, mas hesitava, tossia, engasgava. Todos começaram a rir, reprovando seus erros de gramática. A esposa apenas o olhava.

IV

Acordou e não mais conseguiu conciliar o sono. Levantou-se, deixando Matilde ainda dormindo. Saiu sem tomar o café da manhã. Torcia para que tudo retornasse à rotina habitual, mas sentiu-se perturbado pelo sonho. O período da manhã transcorreu como de costume, e assim também parecia seguir o da tarde. Afrânio já se sentia mais tranquilo, quando a calma do expediente foi quebrada por uma mensagem no computador para comparecer à sala do diretor. Após rápido preâmbulo, este lhe pediu que avaliasse o trabalho que vinha realizando. Não foi possível atinar o que ele pretendia com essa conversa. Apresentou planilhas no computador, exibiu gráficos comparando resultados entre procedimentos atuais e anteriores, falou de produtividade, mas o gerente continuou simplesmente a olhá-lo sem deixar escapar nenhum comentário. Afrânio sentiu-se inquieto o restante do expediente.

Ao retornar para casa, viu-se tomado pela mesma estranha sensação de que havia algo acontecendo e que lhe escapava à compreensão. Naquele dia, Matilde não tinha aula, e eles teriam mais tempo juntos. Ainda não decidira se lhe mostraria ou não o bilhete. O lanche foi mais silencioso do que de costume. Por várias vezes, chegou a tocar o bilhete, detendo gestos e palavras. Antes de deixar a mesa de refeições, comentou, tentando imprimir um tom casual, que teve um sonho estranho, que algumas pessoas não tinham rostos e que ela se encontrava nesse sonho. Matilde o olhou longamente e, dobrando com cuidado o guardanapo, disse que também havia sonhado e, em seu sonho, ele fazia compras de armaduras por meio da *internet*. Afrânio se viu tomado pela mesma inquietude, desta vez com ligeira perturbação na respiração.

Pensando em evitar uma noite maldormida, foi ao armário, localizou um calmante, porém desistiu de seu intento e foi para a cama. Deitado, já sob as cobertas, observou a esposa despindo-se. Na penumbra do quarto, via-lhe a silhueta projetando-se contra a parede, ora para um lado, ora para o outro, como uma dança oriental. A esposa nunca lhe parecera tão bela e próxima. Deixando-se guiar por um forte impulso, aproximou--se de Matilde de um jeito que não estava acostumado, invadiu-lhe a intimidade. Matilde espantou-se, mas lentamente se deixou levar, correspondendo com doçura a esse apelo. Sofregamente, falando coisas que nunca havia pronunciado, Afrânio retirou-lhe a roupa, enlaçando seu corpo nu e, em sinal de posse, deitou-a sobre a cama. Amaram-se longa e quase dolorosamente. Beijos, sussurros, palavras, gritos, promessas escapavam dos desejos reprimidos do casal, que parecia surpreso com o que fazia. Um tempo depois, os dois ainda juntos quedaram-se maravilhados e, invadidos por um sono irresistível, adormeceram simultaneamente.

Alguns dias se passaram sem maiores novidades na vida do casal. Matilde sentia-se bem, tinha as faces coradas, e com frequência se surpreendia cantarolando. Nas aulas, recebia elogios pelos cuidados com os cabelos, ou por um arranjo da tonalidade de um anel com a cor da roupa. Afrânio sorria com facilidade e até assobiava, o que não era um hábito seu. Marido e mulher se flagravam olhando um para o outro. Ela repentinamente ficava corada, baixava os longos cílios, levava a mão ao pescoço e cruzava as pernas. Ele ficava por um bom tempo cabisbaixo, exibindo certo nervosismo percebido no jeito de falar e nos movimentos que imprimia às mãos.

Envolvidos com as atividades do dia a dia e com as exigências das tarefas, o casal aos poucos retornou às relações habituais. Quando tudo parecia estar novamente dominado pela rotina, ao retornar para o trabalho, Afrânio localizou um novo bilhete, desta vez em sua agenda.

"Você ainda não sabe quem sou eu?
Olhe para os meus olhos, para o meu jeito de ser.
Fique mais tempo próximo de mim e eu me sentirei mais feliz."

O impacto foi grande. Tinha por hábito deixar a agenda sobre a mesa da sala ou na escrivaninha da repartição, onde qualquer pessoa poderia, sem problema, ter colocado o bilhete. Por mais que lesse aquela mensagem, não percebeu nenhuma pista. Comparou-a com a anterior, mas nada indicava que tivesse sido escrito pela mesma pessoa. Lembrou-se de que a moça que aparecera em seu sonho não possuía rosto; apenas exibia os olhos.

Retornou para casa o mais rápido possível. Ao entrar, quase esbarrou em Bianca. Ambos se desculparam ao mesmo tempo, ela se disse culpada por ter sido descuidada. Haveria aí alguma mensagem cifrada? Suzi se aproximou nesse momento, os seios esticando o tecido da blusa aparentemente menor do que exigia seu corpo, e pediu sugestões sobre aplicações financeiras. Outras perguntas foram feitas. Eneida postou-se à sua frente, encarando-o risonha, enquanto Angelina, lentamente, sentou-se na escada que conduzia ao piso superior da casa, deixando as pernas um pouco descobertas. Afrânio tentava não se fixar nesses detalhes, mantendo um olhar indefinido, mas sentia-se pouco à vontade nessa situação. Uma das alunas reclamou que Suzi a impedia de vê-lo. Outra disse algo em inglês, provocando risos. Cada frase, cada gesto parecia-lhe soar como um recado. A entrada de Matilde, convidando as alunas para a aula, pôs fim a seu sofrimento.

A mesma agitação que se seguiu ao primeiro bilhete retornou à vida de Afrânio. O fato é que já não mais conseguia se movimentar com segurança na rotina do trabalho, que seguia seu curso inalterado. Em casa, Matilde lhe deitava olhares ternamente convidativos, mas Afrânio parecia distante, inquieto, sombrio como um pássaro noturno. Seu mutismo chamou a atenção da esposa que, delicada e cautelosa, puxou conversa. Afrânio, no entanto, era incapaz de falar de si mesmo; tinha para essas situações as mesmas desculpas de sempre, referindo-se à sobrecarga de trabalho.

Aquela noite teve novamente um sonho agitado, que muito o intrigou. Ele se via como criança a requerer cuidados de seus pais, enquanto Matilde vestia-se de branco e, com gestos graciosos, convidava-o para dançar. No sonho, o velho Havdalá havia sido nomeado rabino e, com voz grave, lhe dizia para cumprir seus deveres com a esposa, e que nenhuma profecia iria lhe trazer felicidade. Após olhá-lo severamente, tomou as escrituras e as leu para uma multidão que se aglomerava em dois grupos, um de mulheres, e outro, de homens.

"Abre-me, minha amiga, minha esposa,
Delícia de minha vida.
Os meus cabelos estão cheios de orvalho.
E o frio da noite
Pesa-me nas faces."

Ao declamar esse verso do *Cântico dos cânticos*, o pai interrompe e diz: – Sei que você pensa que Salomão era um aproveitador, um lascivo, um devasso, fornicando com muitas mulheres; aproveitador dos poderes do Estado em benefício próprio. – Afrânio percebeu que todos os olhares se voltavam para ele. Começou a suar, respirando com dificuldade, querendo fugir dali, mas Havdalá continuou sem se dar conta de seu estado: – E ele, Salomão, é tudo isso que você pensa, mas que nos importa isso? É com você que me importo. – Nova pausa. Novos olhares em sua direção. Afrânio se vê defronte à multidão. Consegue com esforço tirar o paletó. Atrapalha-se com a gravata, mas a retira. A respiração é opressiva. Há um silêncio profundo. Sente que precisa falar.

Acordou banhado de suor. Lá fora os primeiros ruídos do trânsito anunciavam a chegada do dia. Matilde já se havia levantado. Quando se preparavam para o café matinal, Havdalá apareceu de repente e, sorrindo, perguntou sobre a saúde do casal, dizendo ter sonhado com eles. Matilde abraçou o sogro e lhe disse para não se preocupar, que tudo estava bem, e que pensava em convidar o marido para dançar. Afrânio quase se engasgou com o café. Por um momento, teve a impressão de que o sonho ainda não havia terminado. Sabia que era possível sonhar com coisas que ainda não haviam ocorrido, que os livros sagrados tinham muitos casos, como os de José, sonhador contumaz e excelente intérprete, cujas visões oníricas mudaram sua vida, a vida da família e do império egípcio. Lembrou-se também de que a Psicanálise tem, na interpretação do sonho, uma técnica terapêutica. Tudo isso ele pensou sem fazer comentário algum.

Ao retornar do trabalho, um tanto cansado, Afrânio encontrou Matilde ocupada com muitas coisas, correndo de um lado para o outro, em completa azáfama. Ao vê-lo, ela resolutamente o encaminhou para o quarto, deitando-o e tirando-lhe os sapatos. Ao sair do aposento, anunciou para depois um banho reparador e o lanche, quando comeriam maçãs com nozes e canela e nacos de *matzá*[6], tudo preparado dentro do rito. Acrescenta ainda que ele não deveria ter pressa, porque a eternidade é vagarosa, e cada dia tem suas próprias aflições, como sabiamente

[6] Pão ázimo, feito de farinha e água, sem fermento.

diz a *Torá*[7]. Nessas ocasiões, Matilde costumava trocar os nomes dos livros sagrados. Afrânio achava divertido e enternecia-se vendo a solicitude da companheira.

V

Quando acordou, ainda no banho, sentiu o aroma agradável do vinho esquentado e da canela. Para sua surpresa, a esposa estava com um vestido branco, semelhante ao do sonho. Percebendo seu espanto, ela lhe perguntou se não gostava daquela roupa, que, de tanto tempo guardada, parecia esperar um momento de alegria. Afrânio, satisfeito, aprovou a roupa, o lanche e, pouco depois, alegre, ofereceu-lhe o braço para o passeio. Retornaram na madrugada, com desejos retidos e redobrados. Novamente se amaram. Tocaram-se com paixão e imensa ternura. Descobriram-se nesses momentos, falaram de assuntos novos e deram risadas. Notaram que os pensamentos não se esvaíam para outros lugares e acontecimentos, permanecendo ali, vagando sobre os objetos, principalmente sobre seus corpos, e por isso tiveram seus desejos redobrados. Houve um breve momento em que os amantes duvidaram se estavam fazendo um caminho diferente. Repentinamente, Afrânio teve receio de terem sido possuídos por algum *dybbuk*[8], ou de a própria Lilite[9] ter penetrado no corpo de Matilde.

---

[7] Contém os mesmos cinco livros do *Velho testamento* da *Bíblia* cristã: "Gênesis", "Êxodo", "Levíticos", "Números" e "Deuteronômio".

[8] Alma de alguém que morreu e, por castigo, fica vagando. Esse espírito pode tomar posse do corpo de uma pessoa.

[9] Teria sido a primeira mulher de Adão, feita não propriamente de sua costela, e por isso teria adquirido maior autonomia. Lilith é um espírito-demônio, dada à lubricidade. Essa lenda, inicialmente oral, teria sido registrada pela primeira vez na Idade Média.

O tempo agora parecia correr célere, e marido e mulher se surpreendiam pensando nos momentos em que estiveram juntos. E ambos, várias vezes, sonhavam acordados com mil maneiras de surpreender e agradar ao outro no tempo presente e no futuro próximo. Pequenos gestos se tornaram comuns: a lembrança de um doce preferido, uma flor retirada às pressas de algum jardim, ceder a melhor parte de uma comida, a participação em alguma tarefa. Em um domingo, vendo-a cansada, Afrânio banhou-a com delicadeza, massageando-lhe as costas e os ombros, levando-a a se deitar sobre um alvo lençol para sono reparador. Muita coisa havia mudado. Contratempos, dificuldades, irritações e desentendimentos ocorriam, mas ambos se deixavam dominar por uma disposição amorosa, uma descoberta de diferentes possibilidades que a vida oferecia.

Uma tarde, pouco antes de deixar o expediente, Afrânio recebeu em sua repartição um envelope postado na cidade. Abrindo-o, encontrou outro bilhete.

"Estou sempre pensando em você.
Vou esperá-lo hoje, às dezenove horas, defronte ao Hotel Martins."

Afrânio leu e releu o bilhete. Colocou-o de volta no mesmo envelope no qual também juntou os anteriores, guardando-o no bolso do paletó. Consultou o relógio e acionou o *mouse*, desligando o computador. Despediu-se de colegas mais próximos e saiu. Dirigiu o carro sem pressa pela avenida com trânsito, ainda tranquilo naquele momento. Não conseguiu atravessar o terceiro cruzamento, tendo que deter o carro diante do semáforo de luz vermelha. Ao lado, rente à calçada, uma caçamba de entulho. Afrânio baixou o vidro, amassou o envelope com o bilhete e jogou-o em meio aos detritos, no momento em que a luz verde brilhou. Acelerou o carro e gritou: – Cesta!

Dias depois desse acontecimento, marido e mulher conversavam animadamente sobre diferentes assuntos. Matilde comentou que havia lido recentemente sobre uma teoria denominada "teoria do caos". Afrânio demonstrou conhecimento, mas, sem entusiasmo, se disse cético sobre a possibilidade de grandes fenômenos terem causas pequenas, defendendo a visão de um mundo visivelmente ordenado. Matilde manteve posição contrária, recorrendo a inúmeras narrativas da Torá e da tradição hasídica[10]. Na defesa de suas ideias, fez referência ao "sopro divino", como uma força caótica primária da qual resulta a gênese do universo, quando, então, tudo aparentemente se acalma. Em um momento, mencionou o efeito borboleta[11]. Afrânio a interrompeu, balançou a cabeça, tocou-lhe o rosto com ternura, fez uma pausa e iniciou o discurso falando: – O efeito bilhete é quando... – Interrompeu-se, parecendo incapaz de seguir adiante. De repente, começou a rir. Matilde não entendeu. Balbuciou algumas palavras, visivelmente confusa. E Afrânio disse olhando-a nos olhos: – Você tem razão, três pequenos bilhetes anônimos podem gerar estragos ou redenção. Eu te amo.

[10] Refere-se ao *hasídim*, movimento religioso do século XVIII, que ocorreu como uma reação à rigidez do judaísmo da época.

[11] "Pode o bater de asas de uma borboleta no Brasil causar um furacão no Texas?" ("Does the flap of a butterfly's wings in Brazil set off a tornado in Texas?"). Título de uma conferência pronunciada por Edward Lorenz em 1972, em Washington, na Reunião Anual da Sociedade Americana para o Progresso da Ciência.

O pequeno Peter

Assim me chamavam em casa e na escola até há pouco tempo. Naquela época, eu tinha oito anos, minha irmã Laura, dez, e meu irmão Willye, o mais velho, treze anos. Meu pai chama-se Leonardo. Ele é advogado trabalhista, sócio de outros colegas em um escritório, mas passa a maior parte do tempo no fórum. O nome de minha mãe é Angelina, mas todo mundo a conhece por Anja. Foi meu pai quem lhe deu esse apelido, logo depois que os dois se conheceram, há muito tempo atrás. Ele não se cansa de contar como isso aconteceu. Na primeira vez em que eles se encontraram, chovia muito, e ele, ao pegar o guarda-chuva, derrubou sua pasta com documentos. Minha mãe ia passando e conseguiu salvar a pasta antes que os papéis ficassem molhados. Nesse dia, eles mal se falaram. Uma semana depois, em um restaurante próximo ao mesmo local do primeiro encontro, ele se dirigia para a única mesa desocupada, mas minha mãe chegou antes. Percebendo a situação, ela disse a ele que, se quisesse, poderia almoçar ali. Claro que meu pai quis. Então se apresentaram e novamente ele lhe agradeceu, falando mais ou menos assim: – De hoje em diante, seu nome será Anja. – O apelido pegou! Mesmo porque, segundo meu pai, Angelina em italiano quer dizer "anjinha". Minha mãe era professora de literatura, conhecia um bocado de livros e, muitas vezes, ajudava meu pai a escrever seus discursos.

Em casa, para completar nossa família, tínhamos ainda um cachorro enorme, desajeitado, brincalhão, e um gato siamês, silencioso e refinado, como dizia minha mãe. O cachorro foi chamado de Big-Bang. Cada um de nós sempre se achou o predileto dele, mas a verdade é que ele nunca demonstrou preferência por ninguém, gostando de todos igualmente. O gato recebeu o nome de Astrogato. Este, desde pequeno, tinha a maior pose, olhando o ambiente de cima para baixo, e nós todos concordávamos que, em primeiro lugar, ele gostava de si mesmo, e, depois, da Anja.

A vida

Quando falava da nossa idade, minha mãe sempre dizia mais ou menos assim: – É claro que a diferença entre eles não é exatamente de dois ou três anos, têm mais alguns meses de sobra nessa contagem. – Com o tempo, entendi que meu irmão chegou primeiro; foi o apressado. Depois, em segundo, veio minha irmã. Fui o terceiro, mas, como não tinha mais ninguém para nascer, fiquei por último, e minha irmã, no meio.

Outra coisa que me fazia pensar era essa história de chegar ou vir. Quem vem tem que vir de algum lugar. De onde? Isso era um mistério para mim. A Laurita (este é o apelido de minha irmã) uma vez falou: – Vir do não mundo para o mundo. O Willye deu risada e disse: – Vir do outro mundo. – Minha mãe olhou para o meu pai, esperando alguma ajuda, mas ele apenas disse: – Vocês vão ter que pensar mais sobre isso. – Vez por outra, eu pensava, porém o problema parecia sem solução. Reparei que ninguém diz que o "cachorro chegou". Fala-se "nasceu", "teve cria", e isso quer dizer que o bichinho não existia antes daquele momento, havendo um tempo de não ser e um tempo de ser. Na minha experiência, não me recordo de nada antes do tempo de ser, mas também não lembro quando vim a ser. Aí pensei na árvore, mas achei que a árvore já existia na semente. Bem contente, completei meu pensamento, criando uma frase: – A semente é uma árvore ainda não acabada. – Depois reformulei para: – A semente é uma árvore à espera do tempo. – Mamãe dizia que eu era bom para lidar com palavras e criar frases.

Ainda preocupado com essas questões de existir e não existir, um dia perguntei a minha professora de religião se bicho tem alma. Ela fez um gesto de aborrecimento e falou: – Claro que não, claro que não, ora essa! – Aí o colega que sentava na cadeira da frente, o Ariosto, voltou-se, cochichando que ele achava que sim, e que cada bicho tinha um deus. Falou que o cachorro dele uivava para o deus-cachorro, que era um cão enorme, que dava salsichas para os cachorros bons no céu dos cachorros, onde havia muitos ossos e cadelas sempre no cio. A professora ouviu a conversa e ameaçou mandar bilhetes para nossos pais porque não dávamos atenção ao que era importante. Ficamos quietos, mas eu continuei falando em pensamento: – Talvez animal tenha uma alma, sim, mas esse negócio de cada um ter um deus, isso é piração do meu amigo.

Voltando para casa, resolvi falar com a Laurita sobre isso de "chegar de algum lugar", ao que ela retrucou mal-humorada, fechando a porta do quarto na minha cara: – Lá vem você com essas histórias. – Procurei o Willye, e ele me respondeu que estava estudando matemática e tinha muita coisa para pensar. Assim ficou na minha cabeça essa coisa incompreensível "de-chegar-de-algum-lugar-que-não-se-sabe-qual".

Quanto ao assunto de nascer em primeiro, segundo e terceiro, isso me atrapalhava bastante, porque meus irmãos se aproveitavam para me deixar em último lugar em quase todas as coisas, menos na hora de guardar os brinquedos. Por exemplo, na escolha do local de fazer tarefas, o Willye ficava com a mesa do escritório, a Laurita decidia-se pela da copa e, para mim, sobrava a mesa da cozinha; nas brincadeiras, os dois negociavam sobre os jogos, e eu ficava esperando inutilmente a minha vez de opinar; quanto à escolha da sobremesa do jantar, que era o momento em que todo mundo estava junto, eu era o último a ser consultado, e aí a decisão já tinha sido tomada.

O tempo foi passando, e comecei a achar que isso não estava certo, e, como meu pai sempre dizia que todo mundo tem direitos, e que, quando eles não são respeitados, a pessoa deve reclamar, resolvi fazer isso. Pedi uma reunião. Ah, esqueci também de contar que, em casa, qualquer um pode pedir uma reunião. Só o Big-Bang, nosso cachorro, e o Astrogato, nosso gato siamês, não têm esse direito. Acho também que eles nunca se interessaram por esse assunto.

Para pedir uma reunião, a pessoa precisa ter um motivo de verdade. Minha mãe não fazia reunião por qualquer coisa. Era ela quem dirigia as reuniões dos primeiros seis meses do ano, ficando os outros seis por conta de meu pai. Isso completa, certinho, os doze meses que o ano tem, mas não quer dizer que a gente fazia uma reunião por mês. O fato é que eu tinha um grande motivo, então fui falar com mamãe. Ela me ouviu e disse que achava justo o meu pedido. É como meu pai diz: ele é o advogado, mas, em casa, o juiz sempre foi a mamãe.

Na reunião, eu falei o que me aborrecia, reclamei, e disse que seria melhor a gente mudar isso. Meu pai e minha mãe sorriam, e meus irmãos levaram as mãos à boca para segurar a risada. Eu fiquei na minha. Insisti bastante e, quando tudo parecia perdido, fiz a bobagem de propor irmos até o cartório para mudar a ordem dos nascimentos, pois sabia que era ali o local onde os pais registravam o nascimento dos filhos. Foi então que a Laurita, muito metida à sabida, disse que, às vezes, eu deixava de ser o pequeno Peter e me transformava no Peter pequeno. Desta vez, meu pai não riu. Fez aquela cara de quem não está satisfeito. A mesma cara que fazia quando alguém, ou até o governo, aprontava alguma bobagem, e disse, separando bem as letras, igualzinho à professora Clotilde: – La-u-ri-ta! – Minha irmã abriu e fechou os olhos várias vezes e abaixou a cabeça. É um jeito que ela usa muito bem para não ser castigada. Meus pais quase sempre caem nessa. Tenho que admitir que ela é muito esperta!

Nessa reunião, minha mãe disse que ninguém pode mudar a ordem natural das coisas. Essa tal ordem se refere a muitos acontecimentos, como, por exemplo, à deterioração do alimento que permanece fora da geladeira, ao aparecimento do sol e também, é claro, à nossa sequência de nascimento. Concluiu dizendo que meu pedido não podia ser atendido. Acho que meu pai ficou com pena de minha decepção, e explicou as diferenças. Quando a conversa é séria, ele franze as sobrancelhas, olha bem direto para nossos olhos e, vez por outra, abaixa ou aumenta a voz. Eu me lembro bem. Ele falou que cada um de nós é muito diferente do outro, que cada pessoa é única e jamais haverá uma que seja igual à outra, mesmo em se tratando de gêmeos. Eles podem se assemelhar na aparência, o que é chamado de fenótipo, mas não são iguais. Nós, e até mamãe, ficamos calados, atentos ao que ele falava. Aí ele completou afirmando que as diferenças podem ser reconhecidas na maneira de a pessoa pensar, sentir e agir, e que a identidade real de cada um pode ser comprovada pela impressão digital, pela íris dos olhos, pela voz, pela arcada dentária, pelos cabelos, pelos ossos etc. Meu pai, vendo que Willye tirava do bolso o cartão de identidade, antecipou explicando que esse cartão representa apenas a identidade social, um documento de ordem legal. Willye concordou, mas, como estava bem adiantado nos estudos, acrescentou que, se fosse possível duas pessoas ocuparem o mesmo espaço e, simultaneamente, olharem para um mesmo objeto, elas não veriam completamente a mesma coisa. Falou sobre um tal de "princípio da incerteza" que os físicos inventaram, e ainda outras coisas que não consigo lembrar. Quando meu irmão terminou, meu pai olhou para ele com sinal de admiração, e notei que Willye ficou um pouco encabulado.

Ao encerrar a reunião, pensei que, apesar de meu pedido não ter dado em nada, havia sido legal. No começo, eu estava sentindo-me tolo, mas depois me senti orgulhoso por ter provocado essa conversa. Pelo que pude perceber, todo mundo saiu contente. Laurita talvez mais ainda, porque, depois desse dia, quando ficava irritada comigo, dava um jeito de me chamar de Peter pequeno. Isso me deixava fulo da vida. Eu gosto de falar "fulo da vida", e minha mãe, que, como eu já disse, dava aulas de literatura, explicou-me mais ou menos assim: – Essa é uma expressão que retrata um aborrecimento; é metade raiva, metade decepção com algo que acontece e a pessoa não pode fazer nada para mudar.

A Laurita, um dia, tentou explicar-me o que significa trocar a posição do adjetivo em relação ao substantivo. Devo dizer que foi ela quem usou esses termos. Vamos à explicação da Laurita. Ela falou muito séria: – Quando eu digo "pequeno Peter", o termo "pequeno" vem antes do substantivo, e indica que você ainda é pequeno, mas um dia pode crescer. Agora, "Peter pequeno" quer dizer que você é e vai continuar assim, pequeno, sem importância. – Não entendi muito bem, mas mesmo assim doeu fundo na hora.

A explicação de minha irmã foi direto para a área do sentimento, passou longe da área da razão. Fiquei sabendo esse negócio de duas áreas porque, certa vez, estava muito chateado, e minha mãe disse que razão e sentimentos ocupam lugares diferentes no cérebro. Alguns acontecimentos mexem mais com uma parte do que com outra. Quando alguém humilha a gente, isso vai para essa parte do sentimento, e a reação é ficar triste ou com raiva. Ela fez comparação com o futebol: no meio do campo fica a razão, e, próximo do gol, o sentimento. A falta feita no outro jogador representa a raiva, driblar significa a alegria; a vergonha e a tristeza seriam marcar contra o próprio time, e ir para frente e fazer gol pode ser a coragem. O bom zagueiro precisa se posicionar bem naquele espaço da área. E, na vida, todos nós precisamos conhecer os próprios sentimentos. Nesse caso, com a Laura, acho que dei bobeira. Eu estava distraído e, pimba, gol da minha irmã. Não tive como rebater. Fiquei olhando para ela e, de repente, veio uma vontade danada de chorar.

Laurita, olhando para mim e passando os olhos ao redor para ver se minha mãe continuava na cozinha, disse com cara de brava: – Se você chorar, aí que não vai crescer mesmo! – A palavra "mesmo" saiu mais forte... Eu engoli o primeiro soluço e, no segundo, já estava correndo direto para o quintal, onde o Big-Bang começou a me agradar. Eu pensei: – Por que não chorar quando há tanta tristeza? – Abracei o Big-Bang e ele latiu feliz.

Agora, toda essa coisa de a Laurita me arrasar teve um lado legal. Fui prestando mais atenção às pessoas, buscando entender porque elas agiam de uma maneira ou de outra. Para ser sincero, o que não achei legal foi descobrir que, às vezes, eu também era uma mala para as outras pessoas. Pensei, ainda, que não devia ser fácil para a minha irmã aguentar o Willye, que sabia tudo, e eu, que pouco ou nada sabia. Talvez ela fizesse o que era possível, e assim foi que achei que estava começando entender as pessoas e a vida. Às vezes, pensava coisas bobas. Um dia pensei um tempão sobre a vida das pessoas e o que cada uma poderia estar fazendo naquele momento. Só na minha cidade há tanta gente que fui ficando tonto de imaginar.

O tempo foi passando, e cada dia tinha impressão de aprender algo novo. Nem sempre o que aprendia era bom. Uma coisa legal, mas muito legal mesmo, foi ter descoberto que eu podia fazer escolhas. Meu pai e também minha mãe já haviam falado sobre isso, mas em casa, perto deles ou com eles por perto, tudo era mais fácil. Quero ver é você fazer escolhas longe de sua casa, quando um colega diz mais ou menos assim:

– Vamos lá, cara, mostra que você é homem! Vai, faz isso, dá um soco naquele merda. – Lidar com isso não é fácil!

Um dia, um colega me deu um cigarro. Eu não quis. Ele ficou insistindo, eu peguei e fumei. Isso escondido. Depois, outra vez, ele chegou com mais um cigarro. Ofereceu. Eu disse que não queria. Ele desafiou: – Está com medo? – Respondi: – Se tivesse medo não teria fumado outro dia. – Ele rebateu: – Então fuma de novo, para provar que não tem medo. – Eu, sempre na minha, notei que o inspetor de recreio vinha vindo e falei, sem desviar os olhos dele: – Não tenho nada para provar. – Pronto! Nunca mais insistiu com cigarros, e guardou o maior respeito por mim.

A morte

Quando estava chegando perto de meu aniversário, minha mãe ficou doente. Foi tudo muito rápido. Em poucos dias ela já quase não se levantava da cama, e na semana seguinte teve de ir para o hospital. Esse acontecimento foi como se algo pesado caísse sobre a gente. Meu pai, nós percebíamos bem, esforçava-se para manter a casa funcionando e, ao mesmo tempo, transmitir-nos esperança. Visitar minha mãe, no hospital, era uma mistura de alegria e tristeza. A gente se arrumava, escolhendo as roupas de que mamãe gostava, e até havia entusiasmo nesse preparo. Laura passava escova nos cabelos, Willye colocava o tênis mais novo, eu lavava bem as orelhas, e meu pai cuidava de ficar bem vestido.

Quando chegávamos ao hospital, a gente corria abraçá-la. O esforço que ela fazia para falar com a mesma voz calma e firme de sempre e as tentativas de sorrir nos cortavam o coração. Meu pai, para tranquilizá-la, começava relatando o que tínhamos feito na semana, e afirmava que em casa tudo estava bem, que dávamos conta das tarefas, que ela não se preocupasse, pois já estávamos crescidos. Willye ajudava papai nesse relatório. Nessa situação, colocava o braço sobre o ombro da Laura e segurava minha mão, mostrando que mamãe podia contar com ele. Era incrível como a impressão que tinha dele havia mudado. Além de tudo, ele me parecia mais alto, mais forte. Acho que foi a partir daí que eu e minha irmã começamos a respeitá-lo como nosso irmão mais velho. Também Laurita estava diferente. Contava das comidas que fazia, ou como orientava nossa ajudante, e esforçava-se para alegrar mamãe. Apenas eu não tinha muito a dizer. Sentia-me desajeitado e tentava não chorar ali, na frente de minha mãe. Na verdade, sentia-me o pequeno Peter pequeno.

Na semana seguinte, voltamos ao hospital. A gente ficou muito contente, porque mamãe parecia ter tido uma grande melhora. Ela se levantou e sentou na poltrona ao lado de papai, que a abraçou com carinho. Depois se dirigiu a cada um de nós, perguntando sobre a escola; quis saber dos amigos, dos parentes e da nossa ajudante doméstica. Ficamos um bom tempo conversando. Antes de sairmos, perguntou do Astrogato, e me segredou ao ouvido: – Não se preocupe em falar, você poderá escrever. – Quando deixamos o hospital, pela primeira vez papai sorriu, comentando que já era começo da primavera. Então ele falou sobre o futuro, passeios e viagens que faríamos quando mamãe recebesse alta. O jeito como ele falava dava-nos a impressão de que, muito breve, essas coisas estariam acontecendo de verdade, e a gente se sentia quase feliz.

Ao chegarmos à nossa casa, o telefone estava tocando. Papai correu para atender, e o ouvimos dizer: – Quando aconteceu? Sim, estamos indo para aí. – Ficamos nós três como que paralisados, aguardando um tempo que parecia não ter fim. Aí ele lentamente se voltou para nós. Não precisou dizer coisa alguma. Não fez nenhum gesto, não pronunciou nenhuma palavra, e entendemos o que havia sucedido. Anja havia planejado tudo muito bem. Ela sabia que estava morrendo, e guardou toda energia para o último encontro, esforçando-se para superar a falência de seu organismo ao se despedir de nós e da vida.

Aqueles primeiros dias foram de muito sofrimento. Algumas vezes, pensava que tudo o que havia ocorrido não passava de um sonho ou de um pesadelo e, com frequência, ao retornar da escola, surpreendia-me por não encontrá-la em casa. Na semana seguinte, uma outra ocorrência veio a alterar nossa triste rotina: Astrogato, que desde a internação de mamãe vivia arredio, sumiu de casa. Nós o procuramos pela vizinhança, e percorremos diversas vezes o bairro sem sucesso. Papai colocou anúncios na padaria, na escola e em lojas próximas, com fotos e promessa de recompensa para quem o localizasse, mas nada surtiu efeito. Ninguém deu qualquer informação. Simplesmente nosso gato desapareceu sem deixar vestígio. Nesse meio-tempo, comecei a pensar sobre o destino após a morte. Para onde teria ido minha mãe? Se pouco sabia sobre a vida, minha ignorância sobre a morte era ainda maior.

Morte e vida

Dois meses haviam-se passado desde a morte de mamãe. Eu fiz aniversário de nove anos. Pedi a meu pai para não fazer festa. Na escola, alguns amigos vieram conversar comigo. Agradeci a lembrança e disse-lhes que não faria nenhuma reunião. Papai, Willye e Laura respeitaram minha vontade, mas cada um me procurou para conversar, e cada qual, à sua maneira, disse-me que mamãe gostaria que continuássemos a viver. Laurita foi muito carinhosa, trouxe-me um livro de aventura. Willye me abraçou e me deu uma camisa de meu time. Também papai me procurou, presenteando-me com um par de tênis. Compreendi que eles tinham razão no que me diziam. Não podia fugir como o Astrogato, mas era-me difícil seguir em frente.

Nessa noite sonhei com mamãe. Já havia tido outros sonhos com ela, mas não tão nítidos e interessantes. No sonho, vi minha mãe como em nosso último encontro no hospital. De repente, estávamos, todos, em uma estação ferroviária, e ela segurava uma valise tão pequena que mais parecia uma miniatura. Quando o trem chegou, um funcionário uniformizado ajudou-a a embarcar e a localizar o lugar que ocuparia. Imediatamente nos demos conta, angustiados, de que ela iria sozinha. Dirigimo-nos, rapidamente, para o vagão, mas fomos impedidos de subir a escada pelo mesmo funcionário que a tinha ajudado. Era um homem alto, forte e se colocou à nossa frente, dizendo, de maneira quase simpática: – Ela segue sozinha. – O trem iniciou sua marcha, mamãe olhou pela janela, abanando a mão, e gritou: – É mais uma viagem em que se sai de um lugar e se chega a outro. – Acordei fortemente impressionado, a ponto de não mais dormir. Relatei o sonho no café da manhã. Meu pai sorriu. Willye e Laura também sorriram. Papai demorou um pouco, como se pensasse. Por fim, falou que o sonho, de certa maneira, representava uma visão budista do nascimento e da morte como um ciclo permanente que move a roda da existência. Nessa teoria, a morte não é o fim, mas apenas uma passagem de ida, em que se aguarda uma viagem de volta. Eu tentei falar que há muito me preocupava com essas questões da vida, mas minha voz saiu tão baixa que tive dúvida se fui ouvido. Willye, então, falou brincando: – Peter, o filósofo. – Laurita me abraçou e disse gentil: – De hoje em diante, você se chamará apenas Peter.

Vários meses se passaram. Em uma tarde de outono, reunimo-nos alvoroçados. Willye, agora com quinze anos, havia conseguido um prêmio com um trabalho sobre captação e uso de energia disponível. O prêmio incluía uma visita à Holanda, mas seu estudo propunha coisas novas, diferentes do que se vê naquele país. Em vez de centenas de pás espalhadas em grande extensão de terra, girando para captar energia eólica, sua ideia era a de fincar uma edificação, como um poste, e, sobre ela, uma trave bem extensa. Da trave sairiam, em diferentes cumprimentos, "sarrafos de concreto", e destes, as pás. Vista à distância, a estrutura se assemelharia a um leque, o que permitia o movimento simultâneo das pás, sem atrito. Meu irmão estava muito feliz.

Laura havia-se transformado em uma mocinha responsável e bonita. Ela parecia cada vez mais inclinada à biologia molecular e, também, interessada por um colega de estudo, com quem meu pai, muito atento, já tivera uma conversa, buscando conhecê-lo melhor. Quanto a papai, ele superou bem a grande tristeza inicial e, de certa forma assumindo o que era a preocupação da Anja, voltou-se para os problemas da comunidade, participando ativamente de uma entidade educativa para jovens em nosso bairro.

Nesse período de dificuldade, amparamo-nos reciprocamente, consolidando mais ainda nossa amizade. Além disso, havia um elo muito forte que nos unia: sentíamos muita saudade de mamãe, mas ninguém pensava em superar isso.

Quanto à escolha profissional, Willye e Laurita já estavam praticamente decididos sobre a universidade que cursariam. Eu não sabia, ainda, o que escolher. Tinha apenas uma certeza: gostava de escrever. Seguindo a sugestão de mamãe, comecei registrando acontecimentos e, após algumas tentativas, decidi-me por um conto, retratando esse período de nossa vida. Ao terminar esse trabalho, senti-me um pouco menos criança, e procurei registrar isso na última frase da história: a propósito, agora, todos, inclusive meus amigos, chamam-me de Peter.

Hotel Barros: Rua Aurora, 648

I

É inútil perguntar onde fica a rua Aurora. Quase ninguém sabe informar sua localização, nem mesmo frequentadores habituais dessa área da cidade de São Paulo. Trata-se de uma rua estreita, de curta extensão, sem nenhuma repartição pública ou nenhum tipo de comércio que possa trazer-lhe reconhecimento, mesmo estando circunscrita à região central, próxima à praça da República. Ademais, dela se fala como logradouro não recomendável de se transitar após o anoitecer. Nos idos de 1970, abrigava prédios com poucos andares. Dois, três, no máximo quatro. No número 648, situava-se o Hotel Barros, um prédio estreito, comprido, de três pavimentos. Na entrada, uma porta de vidro quase fosco deixava entrever um corredor com tapete vermelho vivo que terminava, pelo lado esquerdo, em um pequeno saguão com algumas poltronas, um sofá, uma mesinha de centro com jornais, e, pelo lado direito, chegava-se à recepção, que consistia de um balcão de madeira bem trabalhada, tendo ao fundo um armário com estilo combinado. O balcão tinha uma parte rebaixada na qual estava fixado o PABX, a máquina registradora, prateleiras para talonários, pastas, o livro de registro de hóspedes, objetos de escritório e mapas da região. Ladeando a recepção, havia um único elevador e uma escada que davam acesso aos pisos superiores. A maioria dos quartos possuía telefone e banheiro. Televisão existia apenas uma, no salão de café.

O hotel era gerenciado por um funcionário cujo nome ninguém sabia, mas que atendia prontamente a quem lhe chamasse por Barros. Em suma, era um hotel bem localizado, simples, confiável o bastante para ser procurado por interioranos que precisavam ficar uma ou duas noites na cidade e não podiam ou não queriam gastar muito com hospedagem. Além de tudo, como estava escrito no cartão de endereço, o ambiente era familiar.

Saindo-se do hotel, à esquerda, com breve caminhada, chegava-se à avenida São João; à direita, à São Luís ou à praça da República, onde se podia descansar em bancos convidativos. Dali, em direção norte, pela rua Direita, alcançava-se a Sé, o coração da cidade. E, ainda, partindo da República, em um ângulo de noventa graus da Sé, seguia-se na direção da avenida Consolação. Com um pouco mais de disposição para caminhar, alcançava-se a Paulista, o pulsar econômico do país.

II

Quem vinha do interior se impressionava com tudo: com as construções, lojas, bares, mas, principalmente, com o movimentar humano. Ficava-se fascinado com o vaivém apressado e nem sempre cortês das pessoas. Os ônibus despejavam levas e levas de pessoas, ao mesmo tempo em que recolhiam outras tantas. Interromper alguém nesse movimento febril parecia algo impensável. Nos bares, os cafés, pingados e lanches eram servidos e consumidos rapidamente. Quase não havia conversa além da necessária, a que dizia respeito ao tipo de comida solicitada, a seu valor e a algum esclarecimento que se fizesse absolutamente imprescindível. Comentários banais, do tipo "faz muito frio", "deve chover hoje" ou "amanhã é sábado", eram raros. Quem se aventurasse a dizer algo alheio ao esperado não encontrava ressonância, dando-se conta, surpreso, de que estava só e falava consigo mesmo. Aquele que vinha do interior do Estado tinha um medo enorme de passar por bobo, de ser ludibriado ou vítima de algum conto do vigário. Tinha também receio de não ser entendido porque não sabia o nome das coisas e dos lugares, ou porque empregava algum termo errado. Sentia, ainda, certa vergonha por não dominar os mistérios da cidade grande e se esforçava para não ser reconhecido como pessoa que não pertencia àquele mundo.

Um mundo amedrontador, mas admirável, que precisava ser conhecido ou pelo menos visitado. Quem dissesse, em uma roda de pessoas, que vez ou outra ia até a Capital era olhado com respeito, como alguém especial, entendido das coisas. Um ou outro querendo se exibir retirava da carteira um cartão de hotel, indicava locais e fazia recomendações quanto à forma de se comportar na "metrópole". E o número daqueles que viajavam para São Paulo crescia sempre. Não era muito difícil para as moças convencerem seus pais de que elas também deviam fazer essa viagem. O argumento preferido era o das compras, pois as novidades demoravam a chegar ao interior, com preços "pela hora da morte", e não era bom ficar pagando prestações ao mascate. Além de tudo, com menos da metade do dinheiro, podia completar-se o enxoval, trazer um agasalho novo para o avô, uma camisa social para o pai e até, quem sabe, um vestido de passeio para a mãe.

III

A insistência, por um lado, e as vantagens, por outro, venciam a relutância paterna, mas, após a concordância, sempre vinha o alerta quanto aos cuidados com estranhos, com o trânsito, com a garoa paulistana, com o dinheiro, que deveria ser colocado em uma bolsa de pano, presa à cintura, por dentro da roupa. Às mães, cabiam recomendações de outro caráter. A filha deveria telefonar tão logo fosse possível, evitar o uso de banheiro público, hospedar-se em casa de algum parente ou família conhecida. Insistia-se ainda que o noivo não soubesse, jamais, dessa saída. E por que não deveria saber? Porque, porque não ficava bem, ora essa!

O que as mães temiam era que o namorado – não se podia confiar, uma vez que os homens são todos iguais – desse um jeito de também viajar, e, então, a moça cairia na boca do povo. Esse temor se justificava principalmente porque quase sempre o casal combinava a ida do namorado, que embarcava um ou dois dias antes, fazendo tudo em segredo das famílias. Antecipava-se à viagem da amada, deixando as coisas na devida paz.

Tempo difícil para o amor. O namoro dos jovens exigia muita astúcia. Os afagos íntimos eram apressados, fugidios, inseguros; sem condições para experiências ou avanços em carinhos, sobreviviam por muito tempo na mesmice superficial. Ainda era tempo de severa vigilância por parte dos pais, que pressentiam a chegada de novos costumes e já nem sempre eram atendidos em suas proibições ou em seus conselhos.

Dentre as escassas possibilidades para uma aventura amorosa, uma viagem de um ou dois dias para São Paulo exercia uma atração poderosa, e o risco era ínfimo. Foi o que pensaram, conversaram e planejaram Rodrigo e Helena. Os namorados experimentavam uma fase de paixão explosiva. Paixão manifestada nos gestos, nos olhares, nos corpos que se buscavam. Apostavam naquela escapada como uma espécie de estação de amor e lubricidade. Precavida, ela consultou o calendário, fazendo contas, e mais contas sobre os dias "daqueles dias", enquanto ele sondava, discretamente, o local de encontro, hotel, lojas, passeios, tomando notas, registrando valores, arquitetando desculpas para os pais e o chefe no trabalho. Amigos mais íntimos dos dois lados eram cúmplices fiéis, colaborando com versões tranquilizadoras para os pais.

Por fim, tendo tudo combinado, Leninha, como era chamada, e Rodrigo, para não despertarem suspeitas, acertaram rarear os encontros, tanto na empresa onde ele trabalhava quanto na casa da moça. A desculpa era simples: o rapaz, coitado, vivia um período em que precisava se dedicar mais ao trabalho e aos estudos.

IV

Quanto tempo havia-se passado desde que viera pela última vez à capital? São Paulo era outra cidade! Ficara muitos anos sem pôr os pés na cidade, e o que pretendia agora com essa viagem? Era o que Rodrigo se perguntava ao caminhar apressando a escada rolante do metrô para que ele surgisse, como que vindo das entranhas da terra, em meio à praça da República. Ali algumas coisas lhe pareciam familiares, ainda que até o momento houvesse evitado aquela área da cidade. Parou junto a um telefone público, esquivando-se de transeuntes apressados para olhar demoradamente ao redor. Foi quando teve a impressão de ver Leninha acompanhada, aconchegando, colando, protegendo-se do frio e da garoa, esquentando-se em abraços, beijos e risos com um homem. Sem pensar, acompanhou-os a pouca distância, caminhando pela calçada umedecida, adentrando pela São Luís. Adiante, eles pararam bem defronte ao prédio onde se localizava o cinema que levava o nome da rua, agora uma galeria com lojas de importados. Rodrigo ora via as lojas no presente, ora via o passado: o antigo cinema, com suas luzes, os cartazes anunciando os filmes. Parecia-lhe que revia a silhueta de Rita Hayworth, a heroína de *Gilda*, e, no lado oposto, olhando-a fixamente, Humphrey Bogart em *O falcão maltês*. No outro lado da rua, o charmoso e aconchegante Bar e Confeitaria Cinelândia, que funcionava dia e noite, representava um convite permanente. Leninha e seu acompanhante retornaram e atravessaram a rua até o bar. Rodrigo seguiu-os, e lá dentro procurou ocupar uma mesa não distante de onde o casal se instalara.

O local tinha um padrão antigo, talvez um pouco decadente, mas guardava, ainda, um quê de elegância refletida em algumas prateleiras com espelhos de cristal, pequenas mesas arredondadas no centro e, nas laterais, poltronas e mesas retangulares ao estilo francês. Ao casal foi providenciado um serviço de chá enquanto o jovem garçom, deslumbrado pela beleza e simpatia da moça, mantinha-se por perto, disposto a dar provas da boa qualidade do atendimento. Somente depois de alguma insistência Rodrigo logrou obter o conhaque que havia solicitado. Os jovens trocavam gentilezas, pequenos pedaços de bolos, olhares e beijos prolongados.

A exibição dessa paixão exacerbava mais profundamente o ciúme de Rodrigo, que, após a terceira ou a quarta dose de bebida, sentia-se embalado por estranhos pensamentos. O que estava fazendo Leninha ali, com aquele desconhecido? O que ela fizera naquela cidade há vinte anos? Com quem ela estivera naquela ocasião?

Não sabia mais o que pensar quando, de repente, viu Humphrey Bogart sair do antigo cinema, tendo a aba do chapéu inclinada sobre o rosto; a capa, tão apropriada para o clima paulistano, trazia a gola erguida, protegendo a nuca e escondendo-lhe parcialmente o rosto. Por acaso estava delirando, ou o álcool lhe tisnava a razão? No entanto, ali estava o grande ator caminhando em direção ao bar, com aquele jeito seguro que lhe era peculiar. Observou que ele examinava o ambiente; talvez o comparasse com seu Rick's Café Américain de *Casablanca*. Puxou uma cadeira e sentou-se não muito distante do casal. Era Bogart, não havia dúvida, com aquele eterno olhar apaixonado-sofredor e, ao mesmo tempo, com a expressão cínica cobrindo-lhe a face.

Por um breve momento, o olhar de Rodrigo cruzou com o do ator. Adivinhando uma cobrança silenciosa de Bogart quanto ao que devia fazer, Rodrigo abaixou a cabeça, sentindo-se zonzo, sonolento e profundamente amargurado.

Levantou a cabeça sem entender o que o garçom lhe dizia, olhou o relógio na parede, verificando ter dormido por cerca de uma hora. Vasculhou no bolso a carteira, pagou a conta sem ao menos conferir os valores descritos na nota, olhou ao redor e saiu. O bar tinha agora outros ocupantes, e Bogart e o casal haviam desaparecido. Na rua, aspirou o ar frio da madrugada, caminhou rapidamente em direção ao velho e decadente hotel, evitando tropeçar em algumas poucas prostitutas com suas roupas e caras desgastadas, à espera, ainda, de algum cliente retardatário menos exigente. Finalmente chegou e tomou o elevador, seguindo direto para o pequeno quarto. Doía-lhe a cabeça. Jogou-se na cama e, sem muita demora, dormiu, tendo um sono bastante agitado. Ao acordar, parecia-lhe não ter dormido o suficiente, porém o relógio já marcava nove horas. De volta à realidade, sentiu-se envergonhado, tolo, arrependido de ter retornado vinte anos depois para conferir a história que Leninha havia-lhe contado um número infindável de vezes.

V

Naquela ocasião, não fizera a viagem com a namorada, e ela jurava ter-se hospedado em casa de família conhecida. O fato é que, desse dia em diante, a moça se transformara. Não que deixou de amá-lo, alterou-se sua maneira de se comportar ou tratar as pessoas. A metamorfose era difícil de entender, e mais ainda de explicar. Parecia que a namorada ingênua desaparecera por completo e, em seu lugar, uma mulher mais bonita e perigosamente segura de si surgira, como que por um encantamento.

Lembrava-se de que, dois dias antes do planejado encontro, o chefe, precisando ausentar-se, deu-lhe tarefa nova, com a responsabilidade de administrar todo o serviço. O encargo tinha o sabor de promoção e não podia ser recusado, mesmo porque o senhor Antenor de Souza, pessoa de poucas palavras, não admitia que se tergiversasse sobre coisas do trabalho. O patrão, já na casa dos quarenta e três anos, era o que se podia chamar de homem sério e operoso. Alto, corpulento, fisionomia carrancuda, o senhor Antenor tratava o jovem empregado e a namorada com muita consideração, chamando-os de senhor e senhora Camargo. Rodrigo sempre procurou convencer-se de ter tomado a decisão correta. Não muitos anos depois, havia-se transformado em sócio do antigo patrão na empresa, que recebeu o nome de Souza & Camargo, respeitadíssima na cidade e na região.

Após um banho apressado, dirigiu-se à portaria. Tudo o que queria era retornar para sua cidade, para sua Leninha, e esquecer de vez aquela suspeita contumaz. Ficou radiante quando o funcionário, um sujeito avançado em idade, que atendia pelo nome de Barros, adiantou-lhe que nada havia encontrado nos antigos registros sobre a hospedagem de Helena Machado. Disse mais ainda, como se falasse consigo mesmo: – Quem procura fantasmas no passado, vive atormentado no presente.

Rodrigo nada respondeu, fez o pagamento e, em silêncio, assinou o recibo. Intimamente, repetia a si mesmo: – Tolo, tolo, mil vezes tolo. – Ao sair para a rua movimentada, quase gritou: – Hotel Barros, rua Aurora, nunca mais. – Olhou para trás e viu o funcionário do hotel ainda com o livro na mão. Por um momento, vacilou. Em seguida, saiu caminhando apressado, parecendo recuperar um pouco da mocidade que a desconfiança pouco a pouco parecia filtrar.

No hotel, o velho Barros lia novamente, no livro já esgarçado, o registro do dia 23 de maio de 1978. Nomes: Antenor de Souza e

Helena Barbosa Lima. Depositou vagarosamente o livro no velho armário e pensou que todo mundo devia viver o presente, e que lá fora o sol brilhava, aquecendo a existência.

– Além de tudo, pode não ser a mesma Helena – falou alto, para si mesmo, colocando no bolso a gorjeta de dez reais oferecida por Rodrigo por seu trabalho.

Entrevista com o diabo

E por que não? Foi o que pensei, um pouco por brincadeira, um pouco por desespero, quando recebi um ultimato do chefe, algo mais ou menos nesses termos: – Ou a gente consegue uma boa matéria e alavanca o jornaleco, ou todo mundo vai para a rua. – Para bom entendedor, duas palavras bastam: "gente" e "rua" se referiam ao que eu devia fazer e ao que ele, como redator-chefe, faria se meu trabalho não resultasse em alguma matéria de interesse.

Mas por que o Diabo? Por que não Deus? Minha resposta era de uma lógica irretorquível, pelo menos assim pensava. Em parte porque entendo que deve ser mais difícil e aterrorizante entrevistar o Senhor Todo-Poderoso do que o Diabo e, em parte, porque, mesmo estando em todo lugar, Deus é mais difícil de ser localizado. Já o Diabo é figurinha fácil. Segundo meu velho tio, Deus o tenha, o demo está sempre à espreita, disponível, por perto, intrometendo-se nas coisas humanas. Além dessa informação nada desprezível, corria uma história, contada à boca pequena aqui na redação, de que certo dia, há vários anos, um jornalista do tipo perdigueiro, que farejava novidade a léguas de distância, não se sabe como, conseguiu agendar uma entrevista com Javé. Preferiu-se o nome Javé porque o contato foi intermediado por um velho sacerdote judeu. Mas tratava-se do mesmo Deus ou Jeová ou Alá.

Esse jornalista era uma peça rara na profissão. Inteligente, absolutamente verdadeiro e infinitamente ingênuo. No dia marcado pelo sacerdote, que manteve discrição quanto às estratégias do contato, o Senhor apareceu no horário combinado, nem um segundo a mais, nem um segundo a menos. Exatamente na vigésima quarta hora, no local combinado, um terreninho atrás da sinagoga onde tinha um pé de acerola ainda não muito encorpado. Foi ali, no pé de acerola, que Ele apareceu, assim, sem mais nem menos: "pluft", como a Abraão, feito um fogo que não queimava. O jornalista ficou atordoado, perplexo. Aquela chama, que envolvia o arvoredo sem danificá-lo, e sua luz intensa eram aterrorizantes. Além de tudo, não conseguia olhar diretamente para Javé, ou para o fogo, mas foi então que seu faro jornalístico se aguçou e, dominando o medo, fez a primeira pergunta, aparentemente banal, que, na verdade, preparava para as questões importantes:

– É verdade que o Senhor tudo pode?

A resposta simples e direta parecia vir de todas as direções, até mesmo do fogo:

– É claro que sim!

O jornalista deu uma coçada na barbicha. Esse tipo de profissional sempre tem uma barbicha e uma compulsão para coçá-la, especialmente em entrevistas importantes. Pensou, pensou um tempão, que até para Deus, acostumado com a eternidade, pareceu interminável. Por fim, falou:

– Se é assim, então, por um ato de vontade, o Senhor poderia deixar de existir, anulando-se a si próprio?

– Sim, sim – falou o Todo-Poderoso, visivelmente aborrecido. Ao que o homem da imprensa rapidamente retrucou:

– Então, prove!

"Tfulp!"

O leitor muito arguto percebeu que "tfulp" é o oposto de "pluft", e se, com o "pluft", Ele apareceu... bem, deixa para lá. O fato é que não se ficou sabendo se Javé caiu na armadilha e deixou de existir, ou se sumiu, escafedeu-se, desistindo de conceder à Humanidade qualquer possibilidade de conhecê-Lo melhor. O fogo desapareceu, e a voz emudeceu. Repentinamente, a entrevista foi encerrada. Parece, pois, que a era das entrevistas com o Senhor se resume, portanto, às origens da formação do povo hebreu. O leitor deve lembrar-se muito bem das conversas Dele com Noé, Abraão e Moisés.

Voltando ao assunto, depois desse imbróglio, o antigo jornalista, para se ver livre das gozações dos colegas, pediu demissão e sumiu. Dizem que foi para além do Alto Xingu, onde vive junto a uma tribo indígena que ainda não domina o fogo.

Entrevistar presidente, jogador de futebol, contrabandista, já estava muito batido; eu precisava de uma figura que alcançasse impacto. Afinal, já haviam entrevistado um vampiro na Transilvânia, o ET de Varginha, o Ronaldinho em Barcelona. Foi assim que a ideia nasceu. Jornalista, por definição, é um forte, igual ao sertanejo. Boas reportagens trazem poder, especialmente quando se obtém exclusividade. Isso pode resultar em um segundo emprego, como correspondente, agregando salário, para usar uma expressão em moda.

Então estava decidido. Eu iria entrevistar o demo. O primeiro problema era encontrá-lo. O segundo problema me ocorreu em seguida: como saber que ele era ele, que não me estava ludibriando enviando um outro-menos-qualquer, um de segunda categoria, ou um *dybbuk*, que às vezes é um diabo bom, como sabem os judeus.

Avisando o diabo

Pensei em colocar uma nota no jornal, avisando o diabo sobre o que pretendia. Algo como uma nota em código, uma espécie de anagrama.

Depois cogitei do uso da *internet*. Tudo se encontra por meio de um bom *site* de busca. Contudo, nada disso logrou o efeito desejado. No *Orkut*, fiquei sabendo, já existem muitas comunidades com seus "demonólatras", que dizem acessar o tinhoso em ritual cabalístico usando uma combinação de letras do teclado. Tudo fantasia! O diabo não aparece, não cai nessa, não dá a mínima. Depois pensei em falar com meu cunhado, que é crente e tem familiaridade com o coisa-ruim, pois fala nele o dia inteiro. É um tal de ficar dizendo "isso é coisa do Satanás!", "cuidado com o Lúcifer!", "está com o Belzebu no corpo!" Se a vizinha passa com vestido decotado, é porque se trata de armadilha daquele-que-não-se-deve-dizer-o-nome, mas os olhos ficam grudados no corpinho da moça, enquanto o pensamento fica em dúvida entre esconjurar ou bendizer. O fato é que, mesmo tendo essas intimidades com o demo, não quis saber de me ajudar.

De repente, surgiu-me inspiração. Confesso que nem me importei em saber sua fonte, se do lado do bem ou se de sua contraparte, o mal. A ideia veio assim, num átimo, e, devido à minha satisfação, poderia ter dito: – Santo Deus, por que não pensei nisso antes? Com mil demônios, como não enxerguei isso?

O que pensei foi mais ou menos assim: se um sacerdote judeu havia conseguido uma entrevista com o Todo-Poderoso, logo, um cara desqualificado que vive no submundo, que é inspirado pelo próprio *devil*, como mostra o cinema americano, poderia intermediar uma entrevista com o coisa-ruim.

Então tinha de achar esse tipo, e aí me lembrei de um amigo lá do 4º Distrito de Polícia, lotado anexo à chefatura, porque conhece o que de pior existe na cidade grande, e fica por perto, municiando o pessoal com informações. De uma maneira ou de outra, os meliantes lhe devem favores, e ele sabe onde encontrá-los. Falo do Lélio Fedegoso, assim chamado porque exala um terrível cheiro de rio poluído. Consultei o Lélio, e ele, depois de fazer algumas ligações, deu-me um endereço.

Dois dias depois, lá estava eu, frente a frente com um homenzinho de idade indefinida, todo vestido de preto. Tinha um rosto seco, comprido, com sobrancelhas hirsutas, quase em formato de triângulos; nariz pontudo, boca pequena e lábios tão finos que pareciam duas linhas. Seus olhos ora pareciam brilhar, ora se apagavam como os de um cego de nascença. Em resumo, era feio de meter medo. Antes que eu dissesse qualquer coisa, o homem falou, com carregado sotaque espanhol, que sabia de meu interesse e que iria facilitar as coisas, e quanto a "*los gastos menudos, dinero isto no se compra con papel moneda... El Maestro... potentado*". Quando pronunciou a palavra "mestre", fez um movimento, erguendo o braço esquerdo à altura da cabeça, como que se protegendo da luz. Esse gesto descobriu suas mãos grandes e esquálidas, mas o que vi me apavorou: suas unhas pareciam estar crescendo diante de meus olhos. Por um breve instante, pareceu sorrir, e seus olhos se acenderam como duas brasas vivas. Confesso que fiquei confuso, temeroso e sem ação. Ele manteve o sorriso inacabado, exibindo cacos de dentes amarelecidos e uma saliva gosmenta que teimava em circular de um lado ao outro da boca. Repentinamente, falou com uma voz soturna, dizendo que me preparasse, pois a qualquer momento a entrevista se realizaria. Deu-me as costas e saiu incrivelmente lépido e aprumado.

Fiquei de prontidão.

O diabo aparece

O que vou relatar faz parte do meu trato com Lúcifer. Poucos dias depois de meu encontro com o conhecido do Fedegoso, eu estava sentado em um banco da praça, comendo distraído um sanduíche. Era uma tarde de sol quente, convidando à preguiça. Ouvia pombos arrulharem nas proximidades, quando alguém se sentou a meu lado. Um frêmito leve percorreu-me a coluna, espalhando-se na região da nuca. Voltei para o desconhecido e o ouvi dizer:

– Eis-me aqui! – Minha surpresa foi enorme. Não podia ser ele, não, não era possível. – Sou eu mesmo! Não vim porque fui chamado, nunca atendo a ordens ou a pedidos. Vim porque seu projeto me interessa – falou tudo isso, como que adivinhando meu pensamento.

Nesse momento, três pombos que estavam mais próximos tombaram mortos, com os pés endurecidos para cima. Antes que eu protestasse, ele continuou:

– Não se zangue. Nenhum deles é o Espírito Santo! Não se trata também de demonstração de poder; os bichinhos estavam com catarata, já não conseguiam alimento, não tinham muito tempo de vida – reparei então que os olhos dos pombos estavam recobertos por uma grossa camada purulenta. Voltei minha atenção ao desconhecido e, tentando demonstrar tranquilidade, comentei:

– Mas você não se parece... quer dizer, é muito diferente do que... – nesse ponto ele me interrompeu, revelando aborrecimento:

– Tenho a aparência que me agrada. Abandono uma e adoto outra conforme quero. Lembre-se, eu sou criatura d'Ele. Se há alguma queixa contra mim, dirija-se, por favor, a Ele.

Deu um risinho de satisfação com a própria tirada e ordenou que eu acionasse o gravador. Já menos surpreso, comecei a examiná-lo. Vestia-se com elegância: camisa de manga comprida, calça esporte, tudo em tonalidade clara, apropriada para a tarde quente. Calçava sapatos esportivos, marrom-claros. Parecia um homem com cerca de trinta e cinco anos de idade, alto, magro, tez clara, rosto comprido e corado, nariz afilado, olhos escuros, sobrancelhas não muito alongadas, boca grande e lábios grossos. Os cabelos eram castanhos, ondulados; a barba, escanhoada; as unhas, bem cuidadas, como se houvesse saído de uma manicura. Seu ar descontraído dava a impressão de um executivo em férias. Acho que não possuía rabo, pois sobressairia naquela roupa bem ajustada.

– Como vê, nem rabo, nem pé de bode. Estou mais para Sean Penn do que para essa figura do folclore – falou, com expressão irônica. – Bem, vamos a nosso acordo! A primeira condição é que não haverá perguntas que exijam dados absolutos, números, tabelas, gráficos. Há muito não temos estatísticos em nossas hostes, e o pessoal da informática é muito enrolado. Também não falarei sobre figuras históricas, como se Pio XII está por lá, se existe uma fornalha especial para Hitler, ou coisas do gênero.

Ele fez uma pausa e aproveitei para falar:

– E o que terei de fazer para compensá-lo pela entrevista?

– Ora, ora – começou a falar rindo à vontade –, não tenha medo, pois não quero sua alma. Gente como você... sem ofensas, tenho aos montes! A compulsão por almas que tive após a queda já passou. Tinha de passar, porque, atualmente, estamos com problema de espaço. A densidade demográfica é absurda, o que pode até mesmo comprometer a qualidade de nossos serviços. Imagine você que muitas almas estão deixando de ser torradas nas labaredas mais densas por causa do número excedente! Espero que não reclamem. Mas, voltando ao problema da compulsão, nos primórdios recebemos por lá um psicanalista, e eu resolvi me submeter à terapia. Aí, depois de muitas, e muitas sessões e pouco menos de uma eternidade, fiquei completamente curado. Aliás, com isso descobri que amor e ódio podem estar próximos, que mal e bem não existem como coisas absolutas, que prazer e dor podem confundir-se. Então o que eu quero é que mostre ao leitor a contradição presente em todo ser.

Fiquei confuso e perguntei-lhe tolamente:

– Mas você não ficou totalmente dedicado ao mal? – A resposta já tinha adivinhado.

– Sim e não.

O diabo fala de si mesmo

– Como você bem sabe, tenho uma missão muito importante no mundo. Na verdade, depois que Adão e Eva foram expulsos do Paraíso, o Senhor teve de se haver diretamente com a questão do castigo. Ele achou que não pegava bem ter de lidar com isso. Adivinha para quem sobrou? Mas não me queixo! Tenho tempo de sobra, mas adianto que nada tive com a Inquisição, a Guerra dos Cento e Dezesseis Anos, que a história teima em dizer Cem, o holocausto judeu, o fatídico agosto de Hiroshima e Nagasaki. Prefiro coisas menos grosseiras: inspirar a criação da indústria farmacêutica, algo insano como o muro de Berlim, a busca da fonte da juventude, e outros feitos, como a expansão do McDonald's. Essas coisas eu fui fazendo sem pressa, resultando também em grandes amizades, mas nada de comprar almas como relatou Goethe. Sujeitinho intragável! De qualquer forma, devo esclarecer que a história do alemão sobre Fausto é, aparentemente, baseada em uma lenda. O que as pessoas não sabem é que Johannes Georg Faust existiu e era versado em alquimia. Ele conseguiu de verdade invocar um diabo. Não a mim, que não me presto a isso. Meu nome em hebraico é Heilel Ben-Shachar, que significa "estrela iluminada"; não atendo a nenhuma praga como, por exemplo, "O diabo que o carregue", nem mesmo a qualquer sinal cabalístico. Quem entrou nessa foi um diabinho de segunda classe, ansioso por mostrar serviço. Depois tive de consertar as coisas, e fiquei muito amigo de Johannes. Fiz romper o acordo, consultando um advogado realmente diabólico, o que, diga-se de passagem, não nos falta. Feito o distrato, Johannes foi liberado para uma outra existência e, infelizmente, perdemos o contato. Ao diabinho, recomendei análise, que ele faz até hoje.

Nesse momento, o diabo interrompeu a narrativa, como se tivesse ordenando as ideias. Em seguida, retomou a fala:

– Romper compromisso é coisa natural: veja o caso da primeira humanidade. O Todo-Poderoso havia prometido isso e mais aquilo, de repente se aborreceu com o que tinha feito e jogou água em tudo. Não fosse Noé, ninguém se salvava. A propósito, vou contar um segredo: o pobre patriarca tinha vocação para vinicultor. Não tinha interesse e nenhuma prática em marcenaria. Bem, foi aí que entrei em ação. Ninguém sabe disso, mas eu lhe vendi um livrinho, chamado *Faça você mesmo a sua arca: um guia prático*. Ao adquirir o livro por cinquenta barris de vinho, ele ainda recebeu um *kit* com ferramentas, como serrote, enxó, formão, martelo e pregos. Foi por isso que fez a arca em tão pouco tempo. O resto o mundo todo já sabe. Não sou humilde, mas também não estou contando isso para me vangloriar. Tenho muitas habilidades, afinal, fui criado por Deus como um anjo governante e com grandes poderes.

O diabo fez uma pausa mais longa, deu um suspiro, levou a mão espalmada à testa, como se espantasse terríveis lembranças, e, por fim, balançou a cabeça, estalou os dedos e continuou:

– Não tenho pretensão de restaurar a verdade sobre... eu mesmo? Está correto dizer assim? Não sou muito bom em português, e esse negócio de se entender pelo pensamento é bobagem. Ah! Como seria tudo mais fácil se tivéssemos uma língua universal! Mas, voltando ao assunto, o que é verdade? O próprio filho d'Ele, quando Pilatos perguntou o que é a verdade, ficou calado. Não que ele não pudesse falar a respeito, mas vá conversar tal assunto com aquele romano bronco! Ainda se fosse um grego! Pode estar certo, ninguém se conhece bem. Nem Freud sabia tudo de si mesmo! O próprio Todo-Poderoso parece ter dúvidas existenciais. Em um momento diz "Sou o Senhor dos Exércitos", depois, "Eu sou aquele que sou"; mais adiante, "Sou o Deus de Israel". O que se sabe d'Ele? Criou uma humanidade e se arrependeu. Teimou com Noé, e se deixou convencer. Insistiu com Moisés, e entregou os pontos. Pelejou com Ló, e perdeu.

Fiquei em dúvida sobre aquele discurso. Alguma coisa não estava encaixando bem. Resolvi então intervir, argumentando:

– Mas não é sobre Ele que deveríamos conversar.

O diabo me olhou longamente, parecendo exibir certa melancolia no semblante, e disse que em parte eu tinha razão, mas que, ao se falar de um lado, é natural que se refira ao lado oposto. Falou que se valia de um mecanismo de defesa, mais precisamente projeção, e que isso mostrava um problema na relação pai-filho. Admitia que se tratava de relação complexa desde o começo dos séculos, que era natural o filho desejar ocupar o lugar do pai, e que ele próprio fora castigado duramente porque quisera exercer seu poder. Falou ainda, agora quase gritando, que, além de tudo, Jeová revelara preferência por outro, e houve entre eles uma profunda identificação. Nesse ponto, repetiu as célebres frases: "Eu e o Pai somos um", "Este é meu filho bem-amado, em quem me comprazo". Olhou em volta e percebeu estar chamando atenção de transeuntes. Com esforço, calou-se, deu um suspiro profundo e vi que, de seus olhos, caíam brasas vivas calcinando o piso cimentado, enquanto dizia baixinho: – Ele não devia ter dito isso. – Foi uma cena difícil, porque eu não sei como se consola um diabo. Coloque-se o leitor em meu lugar: o que faria nesta situação? Achei que devia levantar e situar-me a seu lado, pois, segundo um livro de autoajuda, esse tipo de coisa traz alívio para a pessoa que não está legal. Porém, não fiz nada, e, graças a Deus, o diabo se conteve, balançou a cabeça como que espantando as lembranças mais dolorosas, estufou o tórax e falou, aparentando tranquilidade:

– Mas em que ponto a gente estava?

Aí fiz um comentário tolo, porque não sabia o que dizer:

– Ah! Diga-me uma coisa: lá nesse local que você dirige, isto é, o Inferno, deve ter música, muito *rock*.

– Vocês têm ideias equivocadas: pensam que os bons são apreciadores de clássicos, e que os maus gostam de *heavy metal*. Lembre-se de que a elite da SS permanecia muitas horas deliciando-se com música erudita para depois sair bem inspirada, planejando formas cruéis de extermínio de judeus, ciganos e comunistas – falou isso com ar irônico, aparentemente recobrando o domínio de si mesmo. E continuou: – Sim, isso está relacionado à questão do mal e do bem. Vamos tomar como exemplo o pobre do Jó. Todo mundo conhece a história: Jó era um homem íntegro e temente a Deus. Tinha sete mil ovelhas, três mil camelos, quinhentas juntas de bois e tantas coisas mais contabilizadas, e tudo corria bem em sua existência. Em uma reunião dos anjos com Javé, fui convidado e, lá pelas tantas, Ele me perguntou, como se não soubesse, por onde eu andava. Dei a resposta óbvia, que andava passeando pela Terra. Aí Ele começou a jactar-se da fidelidade de Jó. Isso tudo está lá na Bíblia, na parte denominada "Livros sapienciais", menos as minhas ações, que foram censuradas e estou resumindo agora. Voltando ao assunto, Ele cismou em contar vantagem, justo naquele dia, em que eu estava com a verve aguçada. Então aproveitei para desafiá-lo, dizendo que aquele homem agia daquele jeito porque tudo lhe era favorável. Não é que o Todo-Poderoso entrou na minha? Fizemos uma aposta: Jó seria mantido vivo, mas, com licença da palavra, comeria o pão que o Diabo amassou, e veríamos o quanto era fiel. Com ajuda de meus auxiliares mais bem treinados, rapidamente Jó perdeu tudo o que tinha e, quando cheguei em casa, o pessoal estava na maior festa. Contudo, não era minha intenção ganhar a aposta. Isso seria muita mesquinharia. Meu interesse estava focalizado no comportamento. Minha ideia é a de que a adversidade pode fortalecer o comportamento, isso porque uma recompensa mínima, ou mesmo a espera da recompensa, pode ter um efeito muito grande. Eu tinha esperança de que Jó se mantivesse fiel, de olho no retorno de sua riqueza. Tal não aconteceu, e Javé iria sair derrotado. Então tive a ideia de inspirar Elifaz de Temã, Baldad de Suás e Sofar de Naamat a falarem com Jó, enaltecendo a ciência e o poder de Javé, e que ele, mesmo com tanto sofrimento, deveria se render e dar graças a Javé. Esses discursos irritaram profundamente Jó e o arrancaram da inércia. Ele, furioso, amaldiçoou a própria existência, clamou pela morte, revoltou-se contra o Todo-Poderoso, expôs suas dúvidas, reclamou pela justiça Divina, e tanto fez que provou seu valor. Javé foi inteligente e encontrou uma saída honrosa. Disse para esses indivíduos cheios de salamaleques que não havia apreciado o discurso que fizeram, e ordenou, a título de indenização, um pagamento a Jó. Em resumo, o bom moço aumentou mais ainda sua fortuna, enquanto Javé, aparentemente, ficou satisfeito, e eu mais ainda.

Nesse momento, o sino de uma igreja repicou por perto. O diabo tirou do bolso um instrumento, algo parecido com um relógio, comentou que o aparelho marcava o tempo segundo leis da quântica e que o havia recebido de presente de Lilith, uma diaba muito especial.

Fez uma pausa mais longa. Disse que precisava partir, e acrescentou:

– O sopro do tempo tem ânsia do futuro. Na linguagem humana, um pouco mais, e deixarei esta dimensão.

O diabo deixa uma mensagem

– Se sou a contraparte do bem, e se somente o bem permanece, eu estarei condenado ao não ser. O não ser não é triste, nem alegre, ele apenas não é e nem mesmo tem lembrança de que um dia foi ou um dia existiu. Se viver é estar-com-outros, o morrer é um ato de solidão imensa. Ao pelejar com profetas e deuses, dei vida a eles. Por que, então, devo desaparecer? O desaparecimento do mal tornará o bem presente um presente eterno, real? Quem protegerá a árvore da vida, uma vez que a virtude sai da inércia apenas quando o vício se instala? A vida e o viver podem ser comparados com a água e o nadador: sem o nadador, o que é a água? A vida é cega ou tem planos? Haveria um plano para mim, ou devo crer ter sido usado, um inocente útil?

Tudo isso ele falou antes de desaparecer. Transcrevi a gravação, enxertando algumas observações, mas o redator-chefe não se animou. Por fim, concedeu que saísse como matéria de encarte em duas edições dominicais. Na semana seguinte à publicação, recebi uma ligação de um religioso dizendo que estaria rezando por mim. Foi só. O jornal atualmente exibe sinais de recuperação. Às vezes, penso ter tido uma alucinação, mas, quando transito pela praça onde fiz aquela gravação e vejo as fendas que suas lágrimas provocaram no piso cimentado, tenho segurança de que a entrevista de fato aconteceu.

A rosa vermelha

Dedicado ao pai Joaquim, um kimbundó, *amigo da família, versado na arte de curar.*

Onofre, deitado em um banco de madeira situado próximo à porta de entrada da casa onde passara a infância, a comparava à casa em que residia atualmente, não muito distante dali, em uma favela parcialmente urbanizada. Ambas eram pequenas: uma sala, cozinha e dois quartos – o menor para os pais, e o outro, com uma divisória no meio, acomodava os meninos e as meninas separados. Lembrava que na parede da sala tinha um quadro de Getúlio Vargas, o que era comum na época. O caudilho, conhecido como pai dos pobres, lenço de gaúcho no pescoço, meio sorriso nos lábios e olhar manso, parecia examinar a simplicidade do ambiente. "Getúlio Dornelles Vargas", costumava dizer seu pai, carregando nos erres e esses.

Recorda ainda que, ao lado do quadro, havia uma estampa do papa Pio XII, magro, apresentando calvície acentuada, sentado em uma enorme cadeira. A pose parecia ter sido bem estudada; com as pernas recolhidas, o braço esquerdo descansava sobre o colo, e o direito, sobre o suporte do assento. O olhar do papa exibia severidade, vasculhando pecado onde quer que se escondesse. Na outra parede, uma prateleira ocupava grande parte do espaço, deixando uma pequena sobra em um canto próximo da porta, em que havia uma estampa de calendário. Nessa figura, sobressaía uma casa, vista pelo fundo, com duas janelas, uma sobre a outra: a menor, em cima, fechada, escondia possivelmente um sótão; a maior, logo abaixo, se debruçava sobre o jardim e indicava, a julgar pela presença de uma panela esfumaçada sobre o peitoril, a cozinha. Ao redor da casa, na parte mais próxima ao observador, havia um pequeno jardim, cheio de lírios, crisântemos e rosas, que fazia divisa com um riacho de água límpida. Mais à direita desse jardim, viam-se duas crianças, um menino e uma menina, brincando em um gramado com uma bola. Enquanto o papa e Getúlio pareciam, de alguma maneira, intrometer-se na residência, as crianças, alheias à vida dos moradores, apenas olhavam a bola, eternamente suspensa no ar.

Tudo isso desfilava na memória de Onofre naquela tarde de sábado, início do verão, quando visitava os pais, já bem envelhecidos. De onde estava, podia ver o quadro de Getúlio com a foto amarelada pelo tempo e carcomida pelas traças; o papa e a estampa das crianças já não existiam mais. O pai trabalhou a vida inteira, mal conseguia manter a casa, e ele, seu filho mais velho, pouco ou nada podia fazer para ajudá-lo. Um irmão e uma irmã haviam falecido ainda pequenos, com diagnóstico de meningite. Ao se lembrar dos irmãos, Onofre visita na memória coisas da infância: as brincadeiras de bola, o campeonato de soltar pipas, a ida obrigatória à igreja, onde percorria uma imensa fila com outros meninos, Soldadinhos de Cristo, prontos para confessar coisas chamadas pecados.

– Você se masturba?

– Hum?!

– Estou perguntando se você pratica masturbação – como não sabia o significado do termo, tentou adivinhar. Veio-lhe à cabeça palavras como breviário, oração, genuflexão e outras que também tinha dificuldade de entender. Respondeu, com uma ponta de orgulho:

– Sim, muitas vezes – o padre manteve um silêncio demorado, olhando-o através das treliças do confessionário. Finalmente, disse:

– Isso é pecado! Pecado venial. Pecado, imoralidade, coisa feia, do demônio; fazer isso é errado, muito errado, e Deus pode castigá-lo! Vá fazer penitência, reze dez ave-marias e dez pais-nossos.

Um colega do grupo dos maiores explicou tudo, tim-tim por tim-tim. Ambos caíram na risada. Riram sem parar, e o amigo dizia: – Você é maluco, cara. – Depois, por um bom tempo, cada vez que via o padre, era-lhe difícil segurar o riso.

Continuou rindo quando Leonilda se acercou silenciosa, trazendo na orelha esquerda um botão de rosa vermelha, um carinho morno no olhar e a curiosidade de saber de que Onofre ria. Nesse momento, chegaram também dois companheiros dos tempos de criança, Leléu e Tião. E foi o primeiro, com seu jeito desavergonhado, quem respondeu à pergunta da mulher de Onofre.

– Quem não ri à toa, tendo uma mulher como a comadre?

– Veja como fala – revidou Onofre e, continuando: – respeito é bom e eu gosto.

– Não se incomode com Leléu, que fala muito, mas não é de nada – interferiu Tião.

E eram muitos os amigos, e as prosas seguiam uma toada que se repetia, com muita brincadeira, riso e assunto, que parecia maior que o tempo, pois, quando se despediam, retornavam para mais um caso, algum acontecimento que não havia sido relatado, uma anedota rápida, um assunto de trabalho. Assim vivia Onofre, e onde quer que fosse, a tristeza batia em retirada. Respeitava conversa alheia, mesmo quando vinha cheia de queixume e praguejenta. Aí ficava assuntando, mas ele mesmo sobre a morte não falava, e quanto à vida, não era de seu feitio qualquer reclamação. Na verdade, na maioria das vezes, a entendia como "para lá de bonita". Com esse entendimento, mais alegria lhe enchia o coração, entornando para tudo quanto era lado onde estivesse, quando plantava o olhar na companheira.

Leonilda, negra retinta, era descendente da tribo nagô, que dominou parte da região conhecida por Luanda. Mulher madura, alta, forte, de cintura estreita, assim se manteve mesmo depois de dois partos. Tinha pernas alongadas e pés pequenos, cabeça bem proporcional ao corpo, ligeiramente comprida, e cabelos carapinhados tão escuros que tinham tonalidade azeviche. Os olhos eram amendoados, castanhos e profundos; o nariz, afilado; a boca, grande, com lábios carnudos e belos dentes; o pescoço era comprido; os ombros, não muito salientes, e os seios, empinados, de tamanho médio. Leonilda amava seu negro com a paixão de uma leoa a percorrer confiante seu território. E por dormir e acordar junto àquela mulher-fêmea, Onofre sentia-se um príncipe feliz. Para agradar à mulher, cultivava um pequeno jardim de rosas, presenteando-a, eventualmente, com um botão vermelho, que ela, faceira, prendia na orelha esquerda. E tanta era a felicidade que o negro forte se fazia terno e delicado, com sonho, mas sem distração, porque, onde morava, o cotidiano se impunha duro como aço.

O viver na favela trazia desafios maiores do que aqueles enfrentados pelo povo pobre das grandes cidades. Somada à falta do necessário à sobrevivência, aos problemas de moradia, à escola e ao transporte, a violência do dia a dia parecia avançar, engrossar, seduzir, penetrando através das frestas das janelas, dos furos dos telhados, dos espaços das cumeeiras, para se reproduzir no interior das famílias. Irmão ameaçando irmão, jovens levantando-se contra pais, e pais subjugando filhos, como se cumprissem a profecia do final dos tempos. Eram poucos os que escapavam, e, entre estes, Onofre, Leonilda e os dois filhos.

Leonilda frequentava um terreiro de umbanda não muito distante de sua casa, no qual tinha responsabilidade, como as demais protegidas de Iansã, ou Oyá, nome dado à entidade na África. Durante os ritos, cabia a ela, como babá iniciada, a orientação para o recebimento de entidades benfazejas. Ela fazia jus às características de filha de Iansã, senhora dos ventos, pois era atirada, decidida, guerreira valente, mas amorosa, como a orixá. Onofre, por sua vez, era afilhado de Oxalá, entidade cultuada pelo povo nagô, e também ele apresentava muito das características dos filhos desse orixá: era tranquilo, movimentava-se quase lentamente, com os músculos retesados, prontos para a ação enérgica se preciso fosse; tinha um jeito alegre de viver, compondo um tipo amável, porém não subserviente.

Assim viviam com a esperança permanente de uma vida melhor, pelo menos para os filhos, que haviam terminado o Ensino Médio e se preparavam para a entrada na universidade. Um dia, retornando para casa, Leonilda percebeu o povo da favela inquieto, nervoso, olhando de lado, fechando janelas, apressando conversa, andando apressado. De repente, irrompe o conflito que alguns, à custa de tantas experiências sofridas, pressentiram. Como que saindo do nada, viaturas da polícia cercam o local, barrando a passagem nas duas vias principais. Policiais armados, usando megafone, dão ordens, revistam pessoas, e não admitem contestação de nenhuma espécie. Instala-se uma grande confusão: gritos, correrias, pedras, tiros, prisões, ferimentos. Leonilda também busca abrigar-se quando, à sua frente, vê um policial atingir duramente um menino que parecia não ter mais de nove anos. Enraivecida, ela detém o braço do policial que se erguia para outro ataque. Este, surpreso, a encara cheio de ódio e, incontinente, saca o revólver, disparando uma, duas, três vezes. Leonilda leva a mão ao peito, dobra-se sobre si mesma e cai lentamente, com o olhar fixo no policial, até se estatelar com um ruído forte no chão de pedra. Com o movimento, o botão de rosa vermelha que trazia em sua orelha se desprende e se aloja sobre seu peito, confundindo-se com o sangue vazando dos ferimentos.

Muitos anos depois, Onofre aparentemente continuava sendo o mesmo sujeito tranquilo, mas os que o conheciam melhor percebiam uma sombra de tristeza permanente no olhar, e um jeito de quem se preparava para se despedir da vida. Com o apoio de amigos, os filhos terminaram os estudos e mudaram-se para outro bairro, alcançando melhores condições de vida. Onofre não quis deixar a favela; pensava consigo mesmo que o conhecimento adquirido podia libertar o homem da pobreza e da ignorância, mas também podia domesticá-lo em uma liberdade apenas aparente. A saudade da companheira o levou a abandonar o cultivo das rosas, acabando inteiramente com o pequeno jardim, e a assumir mais compromissos no terreiro. Valendo-se do concurso de um grupo de crianças, passou a cultivar ervas em pequenos canteiros. Com elas, sob a orientação de pai Joaquim, um *kimbundó*, fazia garrafadas com receitas trazidas pelas entidades espirituais. Preparava infusões, recomendava uso de alecrim, boldo, quebra-pedra, guaco, hortelã e outras ervas indicadas para diferentes tipos de doenças.

No dia de sessão, Onofre se fazia presente com seu jeito quieto, aguardando, quem sabe, alguma notícia de Leonilda. Enquanto ouvia os atabaques e as cantorias, permanecia de cócoras, olhos fixos na pequena fogueira que ardia no centro do terreiro, não mais atuando como babalaô. A cantoria arrastava-se noite adentro e o povo, que ia em busca de algum tratamento, cantava junto, acompanhando com os pés o ritmo dolente, enquanto os babalaôs organizavam a chegada das entidades.

Ô, ô, ô, ô
Pai Mané, onde está pai Joaquim
Ô, ô, ô, ô
Está na mata apanhando guiné

Saravá, Xangô, saravá, Iemanjá
Zunzum do céu é com nosso orixá
Zunzum da Terra Preto velho vai falá
Saravá, Xangô! Saravá, Iemanjá!

A raspa da aroeira vai fortalecê
O mau olhado com arruda vai acabá
Mucunã vai protegê
Criança doente vai sará

E assim corriam dias, que viravam semanas, meses e anos, e Onofre, resignado, vivendo, como se dizia, como Deus era servido. A idade curvou seu corpo, mas manteve a postura decidida de seus ancestrais, dos protegidos de Oxalá, homens de olhares francos e diretos. Manteve também inalterado o jeito de não ter queixa, nem na conversa, nem nos gestos.

Mais um tempo se passou quando, um dia, amigos estranharam sua ausência na reunião da tarde e nos canteiros de ervas. Correram apreensivos à sua casa e o encontraram estendido no chão, os olhos fixos, já sem nada mais registrar. Em seus lábios, podia-se identificar um sorriso suave, e sobre o seu peito havia um botão de rosa vermelha, orvalhada, pronto para se abrir.

Amor, louco amor

Em meio de meus frequentes e profundos esforços para recordar, em meio de minha luta tenaz para apreender algum vestígio desse estado de vácuo aparente em que minha alma mergulhara, houve breves, brevíssimos instantes em que julguei triunfar...

E. Allan Poe (*O poço e o pêndulo*)

– Cada caso é um caso.

...

– Vou repetir. Cada caso é um caso, compreendeu?

Balancei a cabeça em sinal afirmativo, mas pensei: então por que ele receita os mesmos medicamentos para todos os pacientes? Eu bem que sabia a resposta. Eram os remédios que estavam disponíveis no armário. Toda essa porcaria que os laboratórios vendem ao governo e, também, a que se encontra nas drogarias e nos atacadistas.

Essa confusão começou devido a um fato banal. Eu havia-lhe falado cara a cara, olhando-o nos olhos, que decidira não mais tomar nenhum medicamento. Imaginei que minha decisão o deixaria contente. Ele mesmo me havia contado, assim como quem fazia uma confidência, que um cliente seu havia deixado de tomar medicamentos e, aos poucos, fora melhorando, melhorando, e passara a ter uma vida normal. Constituiu família, colocou filhos no mundo, e, quando a mulher ficou doente e morreu, logo arrumou outra e tornou a se casar.

Vai entender esses médicos! E ali ficamos nós, olhando um para o outro. Sustentei seu olhar o quanto pude. Não é fácil lidar com esses caras que são controlados por *chips* instalados no cérebro. Mas eu sabia de seus segredos: meio gente, meio máquina. Até que desviei os olhos e fingi interesse por um quadro na parede, desses que antigamente eram comuns em clínicas, em que se vê um esqueleto representando a morte, rondando a cabeceira da cama de uma criança agonizante. Entre a horrenda carcaça e a vítima indefesa, interpõe-se a mãe, ajoelhada, parecendo rezar, enquanto o médico, com expressão de quem está combatendo a morte, segura um dos pulsos da doentinha. Fiz um comentário sobre vida e morte, tentando fisgá-lo para esse assunto, que eu conhecia bem, e concluí:

– Interessante. Muito interessante!

Coloquei-me em pé, fixando o quadro enquanto passava a mão pela barba. Repeti novamente a palavra "interessante", mas o doutor Loyola permaneceu impassível. Passei a mão pelos cabelos ligeiramente acinzentados, que agora mantinha compridos, e isso me fez lembrar Dirce, uma garçonete que, no dia anterior, comentou sobre minha semelhança com George Clooney, ou Andy Garcia, não sei... Dirce é fissurada em cinema. Não lembro o nome do ator a quem ela se referiu. É um cara que muitas vezes faz o papel principal em filmes de aventura. Porém, se não recordo seu nome, é porque tal fato não tem importância. Santo Deus! Isso não posso falar para a psicóloga. Na certa, ela vai dizer que, se esqueci, é porque tem, sim, muita importância. Já percebi que ela recebe orientação de alguém por meio de um aparelho de comunicação por íons, a que ela se refere como telefone celular.

– Aqui está sua receita, passe na farmácia...

Era o doutor Loyola, chamando-me a atenção. Parece que ele não havia caído na minha conversa. E agora já estava abrindo a porta para eu sair. Eu conhecia bem essa manobra da máquina-humana. Ela abria a porta, estendia a mão (era o único contato permitido), e o rosto desenhava um sorriso, ou meio sorriso. A voz, sempre igual, dizia algo como:

– Até o próximo mês, Paulo.

Minhas lembranças são imprecisas, inconstantes, fragmentadas. Recordo, com frequência, ter ficado confinado em um laboratório de pesquisa disfarçado de hospital, de onde fugi algumas vezes, sendo recapturado em seguida e submetido a novas experiências: medicamentos, terapias de convencimento, torturas com choques. O mais difícil era aguentar aplicações endovenosas, apelidadas pela enfermagem de "sossega-leão", que me faziam dormir enquanto eles aproveitavam para agir sobre minha mente. Em uma dessas ocasiões, em que fazia esforços para resistir ao sono, implantaram um eletrodo no meu cérebro. Que luta incrível! Eles conseguiram identificar um tipo de sinapse que estimulava e era estimulada por reações químicas em todo o cérebro. Foi nesse período que as lembranças desapareceram e perdi quase por completo contato com o passado. Fatos, emoções, tudo se apagou como se houvessem passado uma borracha, e a figura de Ângela sumiu também.

Ângela se esforçava pela minha libertação, segredava-me tudo o que ocorria, as tramas, os procedimentos. De repente, sumiu sem deixar vestígios, provocando um enorme vazio, difícil de ser preenchido. Mas não me haviam derrotado totalmente. Nessa batalha que travei, o aparelho deve ter sofrido algum defeito, e consegui fornecer pistas falsas para eles. Foi graças a isso que suspenderam o lítio, a clorpromazina, cujo nome comercial não me recordo agora.

Tempo depois, fui transferido para uma casa junto com outros dois colegas: o Tadeu e o Mané. Os que estavam em treinamento tinham de morar em casa, aceitar as regras estabelecidas, e, enquanto isso, eles, industriais da loucura e o exército, mancomunados com os americanos, se preparavam para dominar o mundo.

Na primeira vez em que visitamos a casa, percebi que ela tinha um sótão, pelo qual fiquei muito interessado, arquitetando um plano para transformá-lo em meu quarto. Se conseguisse, ele poderia ser um refúgio, um local de resistência. Tinha, portanto, bons motivos para ocupá-lo, mas teria de proceder com cautela. Falei, como que casualmente, a respeito da dificuldade do Tadeu para subir e descer as escadas, velho como era. Por um segundo, pensei que a Sandra, assistente social, ficaria desconfiada. Ela perguntou, rapidamente: – Tem alguma sugestão, Paulo? – Eu me contive, fiquei olhando para a janela, simulando desinteresse. Mané (na verdade seu nome era outro, mas todo mundo o chamava assim por motivos óbvios) entrou no quarto da esquerda e jogou-se sobre a cama.

A Sandra tornou a me inquirir com o olhar. Eu fiquei rígido, parado, sem piscar, sem mexer um único músculo do rosto; ela deu um suspiro quase imperceptível e falou: – Então está acertado. O Mané já fez a escolha dele. O Tadeu fica no outro quarto, de baixo, e o Paulo ocupa o sótão. – Olhei para ela como se retornasse à realidade e acenei com a cabeça, sem deixar transparecer entusiasmo. Agora reconhecia que havia sido muito bom eu ter estudado aqueles livros de psiquiatria e psicologia que haviam colocado na prateleira para fazer de conta que o hospital tinha uma grande biblioteca. Em vez de ler José de Alencar, Joaquim Manoel de Macedo, Machado de Assis, que eu conhecia muito bem, devorei os compêndios de psiquiatria e psicopatologia.

Nessa época, fui indicado para psicoterapia, terceira fase desse controle para adestrar os rebeldes. Esse período também exigiu preparo, sagacidade e perseverança. Para evitar que Lígia, a psicóloga, ficasse analisando possíveis complexos, como o de Édipo, forneci a ela pistas falsas, coisas vagas sobre minha mãe e minha família. De meu pai, que mal conheci, inventei histórias de pescarias, com redes, para ela não imaginar símbolos fálicos. Nesse meio tempo, parecia que eu estava me reconstruindo. Engraçado é que ser meio compulsivo até ajudou, pois eu não desistia. Depois, passamos para uma fase nova. Eles simulavam situações do cotidiano: agência bancária, padaria, lanchonete, vizinha pedindo café emprestado, ônibus, igreja... Locais onde, segundo diziam, iríamos circular e nos quais precisávamos aprender a nos comportar. Balela! Eu sabia que atrás de qualquer gesto, mesmo do mais inocente, existe sempre uma motivação oculta. A Lígia vivia dizendo isso.

A Lígia parece que era vigiada com maior atenção. Qualquer deslize, um olhar sincero, um riso solto, uma frase amistosa, e o aparelhinho tocava: – Tá bem, sim, eu vou... está certo... claro que sim... estou fazendo o possível, pode deixar. – Disfarçadamente, eu anotava tudo, e cheguei a compor o diálogo, pois eles, do Comando, nem se davam ao trabalho de usar código, supondo-nos alheados. Vejam como era fácil de entender:

Comando ordena: – Você deve se dirigir ao Comando.

Lígia: – Tá bem, sim, eu vou.

Comando: – Mantenha-os sobre vigilância.

Lígia: – Está certo...

Comando: – Você entendeu a última mensagem secreta?

Lígia: – Claro que sim!

Comando: – Termine o mais rápido o relatório sobre essa terceira fase.

Lígia: – Estou fazendo o possível, pode deixar.

De qualquer forma, estava, agora, vivendo em uma casa. Para ser sincero, não era de todo ruim. O que me deixava indefeso, menos vigilante, era o encontro quase diário com a Dirce na lanchonete. Sentia que ia perdendo o autocontrole; às vezes, deixava-me levar, e o pior é que estava gostando disso. Não posso dizer que aquele treinamento foi inútil, pois usei muita coisa que aprendi naquele período. Eu sabia como me aproximar das pessoas, o que falar; não ficava repetindo palavras ou frases. Com a Dirce, em alguns momentos, nem lhe respondia de imediato. Olhava-a longamente, e depois, sim, falava.

Já contei que ela era louca por cinema. De tanto insistir, conseguiu que eu a acompanhasse várias vezes. Na primeira, foi muito difícil. Tinha vontade de sair correndo, mas aguentei firme, mesmo tendo as pernas trêmulas. Na segunda, quando estava ficando apavorado, ela segurou minha mão. Senti uma coisa gostosa, os cabelos parecendo arrepiar, uma sensação que há muito tempo não experimentava. Na terceira vez em que fomos ao cinema, logo que cheguei à lanchonete, eu mesmo puxei assunto, dizendo que ela tinha um jeito de olhar como o da Nicole Kidman. Ela ficou feliz, e disse que queria ir ao cinema. Durante a sessão, criei coragem e segurei sua mão, justo no momento em que o ator principal dizia que "o tempo apaga os piores sofrimentos, e a paixão resgata a vida pela lembrança de coisas boas". Então, ela falou baixinho, com um jeito especial no olhar, que essa frase marcava nosso relacionamento. Esta semana, estou pensando em convidá-la para assistir a *Reencarnação* em um cinema melhor. Justo com a Nicole Kidman. A Dirce é muito legal!

Esse tempo que passo com ela me deixa feliz, e sinto que não mais me importo com Ângela. Fico pensando que a paixão deve produzir uma química forte, com capacidade de até dissolver um *chip* implantado no cérebro.

Ontem foi incrível! Eu me lembrei de uma canção de uns vinte anos atrás. Foi bem natural. Na verdade, parece que ocorreu uma associação da imagem dela à palavra paixão, e os versos foram brotando, surgindo de um escuro da memória que para tatear é preciso muita coragem. Se o tempo apaga os piores sofrimentos, como a vida pode impor recordações infelizes? Também não é possível apenas o agora, um presente eterno, um momento sem os anteriores. Li, em um desses livros, que, algumas vezes, podemos criar memórias de coisas que nunca ocorreram. Pois também lembrei que, quando era criança, com seis anos, mais ou menos, era colocado no Viaduto do Chá para esmolar. Apanhava em casa e apanhava na rua. Se esse fato não aconteceu, o que estava acontecendo naquele exato momento? Por que lembrei ou criei essas imagens de minha infância? Onde eu estava e o que fiz nesse tempo e depois desse tempo? Por que essas lembranças me doem tanto?

Na última visita, o doutor falou que iria diminuir os remédios. É um tipo fácil de enganar, esse Loyola. Fiquei com pena de contar que não estava ingerindo nem um medicamento já há algum tempo, desde quando a Dirce, muito delicadamente, falou que às vezes parecia que eu ficava com a língua presa, falando de maneira lenta, arrastada. Um dia, ela segurou minha mão e disse: – Pare de falar essa bobagem que nem você sabe do que se trata, olhe para mim... Agora vamos conversar sobre o filme. – Então, sem esperar muito tempo, decidi livrar-me dos comprimidos. Passou um dia, dois, não sei quantos, mas não foram muitos, e ela disse que eu estava calmo e conversando cada vez melhor. Aí eu fiquei tão contente que quase ri sozinho, igual a um doido qualquer.

O dia em que eu a vejo é diferente, e isso faz com que o dia em que não nos vemos também seja diferente. Mas o dia em que não a encontro não é ruim, talvez porque seja repleto da lembrança do que fizemos e de um desejo de que as horas caminhem depressa para de novo encontrá-la.

Como os dias no hospital eram todos iguais, sempre iguais, havia pouco para ser lembrado. Lembro que nos exames me perguntavam:

– Que dia é hoje, Paulo? – Ia lá saber! Como não sabia, era anotado um "x" no item "desorientação temporal". Agora é diferente: estou ficando por dentro de tudo. Dá até para fazer ideia sobre o que ainda não aconteceu. É incrível isso de você saber o que fez no dia anterior e imaginar o que vai fazer no dia seguinte. Mas tem mais ainda. Há também algumas vezes em que a gente é apenas espectador e de novo observa a mesma coisa que torna a acontecer. Como o sol brilhando no dia seguinte. Você não faz o sol aparecer, mas, se você não vê isso acontecendo, é como se não acontecesse. E a criançada seguindo apressada para a escola, a padaria aberta antes da luz da rua se apagar, o cheiro do pão quente atraindo a freguesia. Isso só existe porque você testemunhou, e recorda em outro momento.

Lembrar o que aconteceu, os dias vividos, é uma força para sonhar com o que ainda está esperando para acontecer.

Epa! Hoje já é quinta-feira. É o dia em que a Dirce sai mais cedo da lanchonete. E eu aqui, lembrando-me de algumas coisas e esquecendo--me de outras. Estava esquecendo-me de contar que segunda-feira, daqui a quatro dias, começo a trabalhar como revisor em uma gráfica, aqui em Franco da Rocha. Estou preocupado, mas nesse tipo de serviço sou bom para caramba! Ah, vai ser ótimo, porque vou poder levar a Dirce a uma sorveteria bem incrementada, lá no centro da cidade, na avenida São João. A Dirce, bem... não dá nem para falar. Ela é demais! Fico pensando se a gente não se conheceu em uma vida passada.

Los Angeles sem ficção

Quase um ano após o terrível atentado em Nova York, quando parte das famosas Torres Gêmeas ficou destruída, eu e minha esposa aterrissamos no Aeroporto Internacional de Los Angeles, mais conhecido por LAX, para uma permanência de alguns meses em Riverside, não muito distante dali. Estávamos munidos de passaporte, visto de entrada, documentos pessoais e todos os formulários devidamente preenchidos. Além disso, possuíamos convite em papel timbrado da Universidade da Califórnia e algumas cartas recebidas de um conhecido pesquisador americano. Na chegada ao aeroporto, amargamos uma longa fila, na qual, durante o percurso, por repetidas vezes, funcionários da segurança nos abordaram, sob a lógica de adiantar as tarefas que ainda estavam por vir. Quase uma hora depois, fomos submetidos a vários interrogatórios. Quando pensávamos que tudo estava finalmente concluído, outros policiais examinavam novamente os documentos e faziam as mesmas perguntas, já respondidas. Para finalizar, colocaram-nos de encontro a uma parede para sermos cheirados por cães treinados na identificação de drogas transportadas dentro do corpo.

É claro que não esperávamos qualquer tratamento diferenciado, nem tínhamos essa pretensão, mas isso não abrandava o desconforto sentido. Em um dos questionários que havíamos preenchido no desembarque, alguns itens inquiriam se pretendíamos fazer algo que representasse ameaça ao país, como explodir bomba, manter contato com terroristas e coisas do gênero. Nada se podia fazer, a não ser responder mesmo às perguntas mais estapafúrdias. Qualquer tentativa para compreender a lógica desse procedimento se mostrava decepcionante. Mas essa situação gerava sentimentos contraditórios, predominando a perplexidade e o desapontamento. Eu me dizia que aquilo não era real, que não estava acontecendo. No máximo, tratava-se de uma paranoia social, que certamente se constituía em um fenômeno passageiro, e a razão outra vez iria prevalecer.

Não foi fácil sair do imponente aeroporto. Fome, sede, cansaço, sono; o barulho ininterrupto, o policiamento nervoso, tudo isso me levava a uma estranha sensação de ser personagem de um filme de David Lynch, como *Cidade dos sonhos*. Para amenizar o absurdo, imaginava que dentro em pouco o "*The end*" apareceria anunciando o encerramento da sessão, luzes se acenderiam e, não muito tempo depois, eu me encontraria na segurança de minha casa e no aconchego de minha cama. Minha esposa parecia tão aturdida quanto eu. Nunca, em toda nossa existência em comum, ela me parecera tão desamparada, fazendo enorme esforço, buscando energia sabe-se lá em qual divindade misericordiosa, para manter alguma serenidade. Sua situação parecia-me mais difícil; afinal, fora ela quem insistira naquela viagem, para aquele país, naquela época, quando tínhamos alternativas. De todo modo, evitei olhá-la insinuando o clássico "Não falei?"

Pensava essas coisas, consultando repetidamente o relógio no pulso para ver as horas. O tempo arrastava-se vagaroso no aeroporto, independentemente do relógio em que se fixasse a atenção. Tanto fazia Paris, Londres, Oslo, Lisboa; os ponteiros eram todos preguiçosos, indiferentes a nossos esforços para escapulir daquele lugar. Somente cerca de três horas após a aterrissagem foi que conseguimos chegar a Riverside, a cerca de trinta quilômetros de Los Angeles, direto para um modesto hotel de conhecida rede americana.

A cidade era tranquila, espalhada, com avenidas amplas e compridas dentro do padrão urbanístico californiano. A maioria das pessoas possuía carro, e o transporte coletivo deixava a desejar. Três dias haviam-se passado quando alugamos um pequeno apartamento mobiliado perto do *campus* da universidade. Inspecionando aquela que seria nossa morada por algum tempo, averiguamos, com surpresa, que a parede que nos separava do apartamento vizinho era extremamente frágil, podendo ser rompida com facilidade. Isso fazia parte do estilo da construção e, como tal, nada poderia ser feito, exceto aumentar os cuidados. Sobre outros pequenos problemas, a *manager* prometia solução breve, como a de fazer o aquecimento funcionar, uma vez que à noite a temperatura caía bastante. De qualquer forma, de uma das janelas avistávamos as montanhas exaltadas por Martin Luther King, com seus cumes arredondados e cobertos de neve. Descobrimos que essa neve acumulada no alto das montanhas, ao se derreter no verão, era desviada para grandes depósitos, sendo utilizada na irrigação de jardins e pomares, que produziam um contraste interessante entre áreas verdejantes e áridas.

Entusiasmado com a beleza das montanhas que, espalhadas, formavam uma espécie de espinha dorsal, tomei a decisão de visitar as localizadas na vizinhança. Descobri um caminho circundando um sofisticado condomínio que me levou a elas. Quando estava lá a olhá-las tão proximamente, fui interrompido em meu devaneio pelo barulho de um helicóptero sobrevoando a área. Percebi, então, que um dos ocupantes do aparelho, um policial, tinha o binóculo assentado em minha direção e, com um megafone, dizia para eu me afastar do local. Meu sonho de liberdade de ir e vir havia terminado. Decididamente, não tinha a coragem de Luther King.

Decorridos mais alguns dias de andanças de um lado para o outro, à procura de locais para as refeições, identificamos dois restaurantes, um tailandês e outro mexicano, com opções não muito dispendiosas. O tailandês servia cozido com verduras, legumes e frutos do mar acompanhados de arroz a preço aceitável. Esse estabelecimento era tocado por uma família com pelo menos quatro membros. Pai e mãe cuidavam da cozinha; o filho, um jovem imberbe, permanecia no caixa; a filha, uma linda jovem com cabelos tão negros que pareciam azulados, servia as mesas. Depois de algumas refeições, já sabia que ela frequentava a universidade e pretendia se graduar em história da independência americana. Ainda que o alimento fosse agradável ao paladar, desagradava-nos a sisudez da freguesia do tailandês. As falas, resumidas ao necessário, eram quase sussurradas, e todos pareciam mover-se como estando em um velório. Ali quase não se ouvia ruído algum, a não ser o "*sssslll*" de um ou outro freguês tomando sopa de macarrão fervente. Além disso, todos mantinham expressão inescrutável; apenas a jovem sorria com um jeito tão encantador que parecia despertar um Buda sonolento, fixado em um nicho na prateleira atrás do caixa.

Quando sentíamos falta de animação, a preferência recaía para o restaurante mexicano. Lá se ouvia música, e tínhamos o barulho de crianças correndo de um lado para o outro, casais abraçando-se, jovens conversando, e, além do ambiente descontraído, podíamos comer feijão, tacos e tortilhas e beber refresco de flor de Jamaica. Também comprávamos ingredientes em supermercado e fazíamos comida em casa. Para nosso padrão, os preços eram caríssimos. Um pé de alface custava três dólares, e apenas algumas frutas nos levavam de dez a quinze dólares. Felizmente, descobrimos uma loja com produtos indianos, onde se podia comprar arroz de excelente qualidade e a preço acessível.

Tempos depois, devidamente refeitos do choque inicial, estávamos já organizados, tanto com a rotina de trabalho em casa e com a frequência à universidade como com a vida social que Riverside oferecia a seus moradores. Parte do nosso tempo livre era usada em visitas a museus e a uma espécie de castelo, no centro da cidade, denominado The Mission Inn. Esgotadas as opções de visitas, entendemos que havia chegado o momento de planejarmos viagens. Para isso, o clima pouco contava, pois naquela região, chuva mesmo só no final do ano, antecedendo o inverno e a neve. As providências resumiam-se ao roteiro e à parte financeira, não necessariamente nessa ordem. Por estar localizada mais próxima, Los Angeles seria a primeira cidade a ser visitada. Foi assim que em um fim de semana, transcorridos cerca de quarenta minutos, o ônibus deixou-nos nas proximidades do hotel onde tínhamos feito reserva de apartamento, na capital do cinema.

Durante três dias, andamos de um lado para outro, visitando espaços turísticos: Westwood, Hollywood, Beverly Hills (morada dos milionários ligados à indústria do cinema), *shoppings*, a loja Victoria's Secret (apreciada à distância) e Santa Mônica, com suas praias e o famoso Pacific Park no píer. Também visitamos o museu do cinema e a calçada da fama, onde, por cinco dólares, podia-se ser fotografado ao lado de sósias de artistas famosos. Uma garota quase idêntica a Marylin Monroe usava um modelo que se assemelhava ao famoso vestido branco da atriz e, para se igualar mais ainda à grande estrela, exibia os lábios avermelhados e uma pinta no lado esquerdo do rosto; nas proximidades, Superman, talvez um pouco menos musculoso, mas todo sorridente e solícito, tentava convencer algumas mães de que as crianças mereciam fotos ao lado do herói americano. Aquele mundo alimentado por ilusão tinha o seu fascínio, que às vezes voltava-se contra si mesmo. Foi o que pensei quando vi um garoto puxar fortemente a capa do Superman, que não revelou nenhuma superpaciência com o peralta.

Mas a calçada da fama, logo próxima ao museu do cinema, revelou-nos algo realmente maravilhoso: uma estátua em tamanho natural de

Charles Chaplin. Impossível não se emocionar, mas muito mais pelas recordações que ela evocava do que propriamente pela obra de arte. Ali estava Carlitos: o bigodinho, o chapéu-coco, a bengala, mão esquerda próxima à cintura e a direita estendida. Na lembrança, desfilaram: *O garoto, Em busca do ouro, Luzes da cidade, Tempos modernos, O grande ditador...* Em todos esses filmes, um traço característico: a obsessão de Chaplin pelos oprimidos. Naquele momento, já cansado daquele mundo de faz de conta, pareceu-me ouvi-lo, em um novo discurso: "Homens é que sois! Não se deixem seduzir por quinquilharias".

Último dia em Los Angeles. Resolvemos nos afastar da parte central, dos bairros aristocráticos, e buscar, via metrô, outras localidades. Estávamos com dificuldade para comprar bilhetes na máquina da estação quando um jovem se ofereceu para ajudar. Com o auxílio obtido, realizamos a operação e, ao agradecermos sua gentileza, ele disse que deveríamos pagar-lhe pelo serviço prestado. Tentei protestar em meu inglês macarrônico, mas minha esposa rapidamente lhe deu algumas moedas e puxou-me em direção à plataforma, onde o trem já ameaçava partir. Em Los Angeles, esse tipo de transporte se ramifica em três linhas marcadas por diferentes cores. A que foi por nós utilizada era totalmente de superfície, sendo bastante veloz, e pouco tempo depois chegamos à estação desejada.

O local tinha prédios estranhos, barracões imensos rodeados por muros altíssimos e também residências pequenas que se comprimiam próximas a terrenos baldios. Após algum tempo de caminhada, percebemos que inadvertidamente estávamos sem o mapa da cidade e havíamos nos perdido em um bairro do qual não tínhamos nenhuma referência. A noite chegou, e a iluminação precária dificultava-nos qualquer tentativa de orientação. Caminhamos, sem direção definida, por sítios ermos ou povoados de indivíduos aparentemente embriagados ou drogados. Quando a situação parecia mais difícil, porque já não sabíamos o que fazer, de repente avistamos uma luz brilhante não muito longe de onde nos achávamos. Foi para lá que nos dirigimos. Tratava-se de um restaurante, já encerrando suas atividades.

De início, a funcionária, desconfiada, possivelmente devido à nossa aparência cansada, ao nervosismo e ao sotaque, disse friamente que o expediente estava encerrado e também não podia prestar nenhuma informação. Apesar do desalento, insistimos e, nesse momento, a proprietária apareceu. Devia ter não mais do que trinta e cinco anos. Exibia uma beleza suave, com gestos tranquilos, vestia-se de maneira simples e aparentava muita experiência na vida. De imediato, convidou-nos a entrar e descansar; mandou servir refrigerante e ouviu nossa história. Informou-nos, por sua vez, que a região nas imediações, naquele horário, era muito perigosa, que não havia transporte e que a estação do metrô estava muito distante. De qualquer forma, tentou tranquilizar-nos, dizendo que ali estávamos seguros, e anunciou que iria chamar o marido. Pouco depois, retornou acompanhada do companheiro, a quem nos apresentou. Tratava-se de um homem com provavelmente quarenta anos de idade, alto, magro, rosto comprido, cabelos e sobrancelhas negros. Ele se mostrou bastante desenvolto para lidar com a questão. Rapidamente indicou em um mapa nossa localização, adiantando que o melhor para nós era retornar ao hotel. E, como não havia transporte, dispôs-se a nos levar até lá.

No momento, olhei para minha esposa e vi o quanto ela estava apreensiva, mas de fato não tínhamos nenhuma outra opção. Ao nos despedirmos, tentamos ressarci-los das despesas, mas eles recusaram com firmeza e conduziram o assunto com elegância para evitar que nos sentíssemos em dívida, contando que viveram situação semelhante, sendo ajudados por uma pessoa desconhecida. O deslocamento em direção ao hotel demorou cerca de trinta minutos e ficamos sabendo que marido e mulher eram libaneses, viviam nos Estados Unidos há cinco anos e haviam sofrido muito para alcançar independência financeira na América.

Eu e minha esposa sentimos uma enorme gratidão por aquele casal. Antes de buscarmos o repouso, várias vezes recordamos, com detalhes, tudo o que havia acontecido. A longa caminhada, o cansaço, os riscos a que nos expusemos e as providências tomadas pelo casal. Bem tarde da noite, tentamos dormir, mas acordei após um breve período de sono. Felizmente, minha esposa ainda dormia tranquila. Deixei a cama em silêncio. Pela janela do hotel, observei a cidade menos agitada, mas ainda insone. Por um momento, passou-me pela cabeça que ainda existiam anjos em Los Angeles.

Aparição

Gabriel Rezende de Castro começou a se sentir descontente com a vida. Solteiro aos vinte e nove anos, com curso Superior em Administração, funcionário de repartição pública federal, havia conseguido posição de destaque na carreira. Com reputação de seriedade beirando ao exagero, era também perfeccionista no trabalho, o que sugeria certo anacronismo no julgamento de alguns. Para ele, amigos, amigos; trabalho, trabalho. Esse lema, a que se submetia com seriedade, e certa vocação franciscana no trato das despesas pessoais mantinham-no alheio às festas e afastado dos bares. Em consequência, quase também distanciado de colegas e amigos.

O rapaz possuía poucos bens deixados pelos pais, dois terrenos situados na parte leste da cidade e uma pequena conta de poupança em um banco estatal. Não se tratava propriamente de fortuna, especialmente porque parte da reserva financeira fora consumida para financiar seus estudos, mas, como se dizia, representava um começo de vida. Contudo, não se sentia feliz. Para completar, pouco depois de obter promoção no serviço, teve séria desavença com a namorada, com quem se sentia comprometido. A briga, que ao se iniciar podia ser considerada uma rusga de pouca importância, foi-se avolumando, chegando a durar cerca de uma semana, com vários encontros cheios de enfrentamentos, queixas, ironia, uso de palavras pesadas, ofensas seguidas de mutismo de ambos os lados, até alcançar o desfecho.

Terminado o romance, cada qual esperou, durante algum tempo, que o outro se retratasse, apresentasse explicações, pedido de desculpas, lágrimas, ofertasse flores, beijos, e então o tempo futuro jogaria a desavença em simples lembrança do passado, cada vez mais pretérito, menos evocado, até seu completo esquecimento. Porém, tal não sucedeu. Vitória Guerine, este o nome da moça, era filha de italianos, e da mãe havia herdado o caráter voluntarioso, preferindo seguir sua vida só a, como confidenciou a uma amiga, dar o braço a torcer. Não muito tempo depois, ela se ajeitou com Homero Azevedo, antigo e eterno admirador.

Outras tentativas de namoro de Gabriel deram em nada. Amigos e colegas no trabalho se esforçaram, facilitando encontros aparentemente casuais com Elza, tão discreta; Janice, loira estonteante – quem resistiria? –; Melissa, sempre virtuosa; Marina, de gestos suaves e fala doce; Ruth, uma linda judia... Mas esses contatos não progrediam. Gabriel mantinha-se ensimesmado, trocava o nome das moças e, às vezes, chamava uma ou outra de Vitória. Quando tinha planejado o casamento, Gabriel havia, com muito esforço, comprado um apartamento bem localizado, com dois dormitórios, banheiro, cozinha, sala e sacada, mobiliando-o conforme sugestões da namorada: tudo de muito bom gosto, estética apurada, cama espaçosa, cortinas e enfeites graciosos.

Após o desenlace, entretanto, foi-se desinteressando pela moradia. Sentia o peso das recordações nos objetos impregnados de sonhos e dos encontros dos namorados agora ganhando vida, causando ao morador a estranha impressão de que não vivia só. Essa figura invisível se fundia nas coisas, percorria o ambiente devagar e se instalava na cama por arrumar, na louça espalhada sobre a pia, nas peças de chá presas na cristaleira, no vaso de planta em abandono sobre o aparador, nas janelas permanentemente fechadas, e dominava-lhe a vontade, impedindo-o de se arrumar para um passeio ao cair da tarde, naquele lusco-fusco em que as pessoas se deixam conduzir ao sabor de interesses que surgem repentinos, sobressaindo nos olhares de disponibilidade para conversa descompromissada. E Gabriel se deixava ficar isolado de outros e de si mesmo, desinteressado, com o coração chamando por Vitória, e o pensamento escravizado por lembranças. Por vezes, parecia ouvir o barulho do salto da jovem, "toc-toc", percorrendo o vestíbulo até a porta, e o barulho da chave, "treac-treac". Outras vezes, inspirava o seu perfume característico, e ouvia-lhe a voz cantarolando na cozinha: – Olá, como vai? Eu vou indo pegar meu lugar no futuro. – Deus! Por que tanto, e tanto amor? Lamentava-se consigo mesmo.

O trabalho, com sua rotina e normas, a que se acostumara, retirava-o da inércia e do estranho encantamento. A labuta diária constituía para ele a artéria que o ligava à realidade. Mesmo assim, sabiam os amigos, sua vontade debilitava-se progressivamente. Onde fora parar aquele entusiasmo, as respostas que se fortaleciam nos desafios, nos embates? A vida do antigo e brilhante funcionário de carreira afigurava-se burocrática. Seria ele vítima de um destino que, como uma aranha a tecer sua teia, enroscava, prendia, sugava sua energia? Em plena reunião, no mais acalorado debate, quando se esperava que ele apontasse a direção a seguir, como sempre fizera, mantinha-se hesitante, e até mesmo confuso. Diretores lembravam-se saudosos do quanto ele, com notável argúcia, expunha erros de argumentos, raciocínios falaciosos, e, no entanto, agora parecia fraquejar, sendo às vezes surpreendido com pensamentos contaminados de falsas premissas e consequentes conclusões errôneas, facilmente identificadas.

Ademais, causava pena vê-lo descuidando-se da aparência, com barba por fazer, olheiras denunciadoras de noites maldormidas, emagrecimento, fisionomia taciturna; enfim, um quadro que anunciava desencanto e saúde ameaçada. Antônio, o amigo mais fiel, buscava recursos de diversos tipos: uma visita, um livro deixado sobre a mesa, convites para prática de esporte, tudo com pouco ou nenhum resultado. Gabriel permanecia desinteressado, fechando-se em si mesmo, lacônico e triste.

Fim de semana com feriado, saudado por todos com alegria, era agora para ele uma longa imersão nesse mundo de sombras e pensamentos voltados já nem sabia para quem ou para onde. Se ao menos tivesse algum familiar, pensava esperançoso, se ainda existisse um ou outro parente... Mas, como nunca tivera contato com ninguém, nesse momento qualquer tentativa de proximidade se revelaria mera perda de tempo. A realidade é que Gabriel estava só em uma cidade com milhões de pessoas. No próprio prédio onde morava, mais de uma dezena de moças já cruzara com ele na portaria ou no saguão de entrada. Outras tantas pessoas ali viviam seguindo seus dias, cada uma com seus problemas, lágrimas e risos, venturas e desventuras. Nem mesmo o chamado do instinto o despertava desse desânimo, pois parecia imune aos trejeitos da atraente funcionária da padaria, que tornava seu decote mais generoso ainda ao lhe servir o café ou lhe entregar o pão. Também nunca reparara na jovem que, por várias vezes, passara por ele em seu caminho nas imediações da repartição onde trabalhava. Jovem com total aparência espanhola, não apenas na roupa, sempre com algum adereço típico da Andaluzia, mas pelos inconfundíveis olhos negros que o fitavam pensativos e esperançosos. Houve ocasião em que caminharam juntos, lado a lado, e ela sentiu um impulso para iniciar alguma conversa, mas Gabriel parecia ter os olhos vendados à vida que pulsava próxima.

Naquele feriado que se prolongaria sábado e domingo, Gabriel levantou-se mais cedo do que de costume. Sentia os olhos pesados, porém estava desperto, e não voltaria a dormir. Repentinamente pareceu ouvir passos na sala, mas convenceu a si mesmo tratar-se de barulho provindo do andar de cima. Vagueou o olhar pelo quarto, e depois seguiu para o outro cômodo, deixando-se ficar no sofá.

Lá fora caía uma garoa tão fina e tão leve que parecia contida por sopro invisível, e o sol, envolto em nuvens, projetava uma luz tímida, que inundava de cores as gotinhas quase suspensas. Pela porta de vidro da sacada, podiam-se distinguir as silhuetas dos prédios umedecidos. Havia um silêncio profundo, silêncio de feriado, de sono, de letargia, enquanto Gabriel sentia-se inquieto, buscando com o olhar algo além das formas de objetos, móveis e prédios. Por um momento, voltou-se para a correspondência deixada sobre a mesa de centro. Nada de especial. Nenhuma carta, nenhum cartão. Porém, sua atenção se deteve no contracheque. Ao examinar os itens, verificou que o valor de gratificação por curso Superior, com a política de incentivo ao estudo, havia sido majorado, e essa alínea representava uma parcela substancial de seu salário. Lembrou-se, então, da poupança que sua mãe, por muitos anos, fizera para que ele pudesse estudar. Dinheiro amealhado no trabalho de costura ou na administração parcimoniosa dos gastos da casa; economia derivada também da compra de produtos mais baratos, resultando em depósitos na "caderneta da universidade", como ela se referia. Pobre mãe! Se ao menos pudesse agradecer-lhe. A frequência à universidade, o debruçar-se sobre os livros em casa pouco tempo lhe deixaram para conversas com a mãe. Quase não a ouvia contar casos, nem registrava suas apreensões e seus sonhos. Como gostaria de apenas lhe tocar com suavidade os cabelos embranquecidos ou, talvez, ouvi-la cantarolar enquanto diligentemente costurava, transformando tecido em confecções. Ah, quanta saudade!

Novamente ouviu o mesmo barulho, "slep slep slep", como se alguém familiar caminhasse arrastando as chinelas. Ergueu os olhos e ali estava a mãe, bem a sua frente, tendo ainda na cabeça um lenço semelhante ao que usava para prender os cabelos rebeldes. Surpreendeu-se por não se assustar. Era como se a esperasse. Parecia-lhe que ela, subitamente, retornava de uma longa e demorada viagem. Admirava-se, sim, de vê-la ali, naquele momento, talvez até algo remoçada. Estava de chinelas, vestido colorido, como sempre apreciara, e trazia, dependurada ao pescoço, uma joia que usava em ocasiões especiais: um cordão com camafeu de jade. Gabriel lembrou-se, no momento, de que aquela peça era semelhante à que havia escolhido com o pai para presenteá-la no aniversário. Como que compreendendo seu pensamento, ela toca o cordão e diz: – Seu pai está bem. – Sorri e acrescenta, imprimindo firmeza na voz: – Você deve viver! – Nesse momento, a luz do sol refletiu-se em cheio sobre a aparição, colorindo-a de maneira impressionante. Gabriel se aproxima, mas a aparição começa a se desfazer suave e lentamente, ficando o rosto e o pano de cabeça como os últimos sinais tangíveis, até nada mais restar.

Na segunda-feira, Gabriel retornou ao trabalho logo cedo, exibindo no rosto um largo sorriso. Cumprimentou a todos com cordialidade, solicitou empenho para o término de projetos em andamento no prazo estipulado, distribuiu tarefas, agendou reuniões, pediu pareceres, enviou memorandos, convocou funcionários, e a repartição voltou a funcionar no dinamismo habitual. No momento do café, quando o pessoal se descontraía, sorriu ao ouvir o comentário: – Deve ter mulher na jogada...

Os dias se passaram, e a experiência daquela manhã com a aparição não mais se repetiu. Entretanto, a vida de Gabriel parecia ter outros significados, e ele mostrava-se mais confiante e esperançoso. Uma tarde, após expediente cansativo, ao sair do prédio para a calçada, inesperadamente colidiu com uma jovem que corria apressada para tomar o ônibus. Surpreso, pareceu recordar-se daqueles inconfundíveis olhos negros, que o fitavam entre curiosos e zangados. A reação de irritação da moça desapareceu repentinamente diante da solicitude de Gabriel ao ampará-la, e uma forte cumplicidade se estabeleceu entre ambos a partir daquele momento.

A jovem, Tarik, trabalhava no Consulado espanhol nas proximidades, e havia chegado recentemente da Espanha com os pais. Nos encontros que se sucederiam, o casal descobriu, com prazer, que tinha interesses comuns em relação a muitas coisas, incluindo a literatura espanhola, em especial a poesia de Garcia Lorca. Tarik contou-lhe, bem-humorada, que os parentes queriam que ela se chamasse Carmem, e seu pai, descendente de mouros, pretendia registrá-la como Alhambra, nome de uma magnífica mesquita árabe de Granada. A mãe, que descendia de ciganos, colocou fim à discórdia, insistindo que as cartas indicavam que a criança estava unida pelo destino a alguém de um lugar muito distante, e somente seria feliz se tivesse o nome de Tarik, o mesmo de um general sarraceno. A previsão havia apaziguado os ânimos, e ali estava ela, vinte e seis anos depois. E ali estavam eles, possivelmente escolhidos pela vida em sua incessante continuidade.

Traição

Antonio Barbosa, apenas Barbosa para os amigos e colegas, considerava-se um sujeito de sorte. Era bem casado. Sua mulher, Lenita, era alta, morena, bonita, inteligente, apaixonada por ele e por tudo que lhe dizia respeito. Ela havia-se formado em Enfermagem, mas trabalhava apenas meio expediente numa clínica médica de renome para, o restante do tempo, cuidar das coisas de casa.

Com trinta e dois anos, gerente de vendas de uma empresa de informática, Barbosa era o que se costuma chamar de pessoa honesta. Absolutamente fiel à esposa, formavam um par apaixonado. No trabalho, dividia a responsabilidade pela organização geral com Felipe e Adelson, amigos desde os tempos da universidade. Primeiro Barbosa conseguira emprego para Felipe; pouco depois, com a expansão dos negócios, convenceu a diretoria da importância da criação de um setor dedicado à pesquisa de produtos, o qual foi entregue a Adelson. Essa força de trabalho qualificada deu novo dinamismo à organização, aumentando o faturamento e ampliando o quadro de servidores. Os três viam excelentes perspectivas no trabalho e formavam um trio de muita camaradagem e lealdade. Felipe e Adelson também estavam casados, e as esposas dos três amigos se davam bem e se encontravam com frequência.

Dos três, Adelson tinha um jeito mais saliente. Era dado às conquistas e não resistia a uma saia. Com isso, nem sempre sua situação doméstica corria tranquilamente, e Paula, sua esposa, não lhe dava sossego.

Ela era uma mulher atraente, com cabelos castanho-claros, cerca de um metro e setenta de altura, elegante no jeito de se vestir e falar. Dividia seu tempo entre a escola, onde dava aula de Língua Portuguesa no Ensino Fundamental, e as atividades de decoração, para as quais, segundo se dizia, possuía muita habilidade.

Felipe, o outro membro do trio, na maioria das vezes seguia o amigo Adelson para não ficar para trás, conforme justificava. De uma maneira ou de outra, procurava conter-se, pois Clarisse, com quem se casara recentemente, também estava sempre na marcação. Ela fazia o tipo *mignon*, era bonita, alegre, mas que ninguém se enganasse quanto à sua tranquilidade, pois estava sempre pronta a defender seus direitos. Havia-se formado em Estatística e prestava assessoria a empresas ligadas ao agronegócio, manejando seu tempo da maneira que julgasse melhor.

Vez por outra, em suas aventuras, Adelson tratava de carregar Felipe e algum outro colega, mas não conseguia a adesão de Barbosa. No expediente, Barbosa preferia não se envolver em planos ligados às escapadelas, e exigia dos amigos respeito em relação ao pessoal feminino da casa, mesmo que alguma das moças demonstrasse interesse. As frequentes recomendações de Barbosa resultavam em brincadeiras e gozações, que ele encarava com bom humor.

No mais, as coisas corriam bem, até um acontecimento inusitado alterar a vida dos amigos e de suas esposas. Em uma de suas escapadas, Adelson reconheceu o carro de Barbosa num motel. O veículo estava com o vidro abaixado, e Adelson, pensando em pregar uma peça no amigo, retirou o aparelho de som, inadvertidamente ali deixado. Logo que lhe foi possível, contou tudo para Felipe, concluindo, ambos, que Barbosa não era o "santinho" que todos acreditavam. Ambos combinaram o momento oportuno para pressionar o colega e trazê-lo de volta ao grupo de farristas.

No dia seguinte, antes de finalizar o expediente, para surpresa de Adelson, Barbosa aproximou-se pedindo carona, informando que seu carro estava com a esposa desde o dia anterior e, infelizmente, haviam--lhe roubado o som há pouco instalado. Os dois amigos ficaram confusos e perplexos. Então, quem estava com o carro no motel era Lenita? Como contar ao companheiro, pessoa tão honesta, que a companheira o traía? Adelson e Felipe passaram um bom tempo conjeturando sobre quem seria o acompanhante da esposa infiel. Dizia Felipe:

– Repare bem, há qualquer coisa em Lenita de que a gente nunca desconfiou porque ela se mostra apaixonada. Mas veja que ela tem um jeito de quem gosta de se exibir, um andar provocante, um olhar direto, até encarado.

– É verdade – concordava Adelson, acrescentando –, e não é só isso: já observou as roupas que ela costuma usar? E no clube fica toda exibida, com aquele biquininho vermelho e supercolado. Será que se trata de uma aventura, ou ela tem um amante? E quem será o sortudo?

E o teor da conversa seguia nessa direção. Tudo o que lembravam da esposa do amigo parecia confirmar o acontecimento recente e o caráter que imaginavam. Frases como "no fundo, no fundo, ela nunca me enganou" e "Barbosa é muito ingênuo, vai ver que ela está pulando cerca há muito tempo" foram repetidas várias vezes. Em um dado momento, ambos concordaram que não era bom suas esposas continuarem mantendo contato com "aquela mulher", e caberia a eles adotar alguma estratégia para dar um fim a essa amizade indesejável.

A estratégia adotada foi a de iniciarem uma recusa gradual a saídas comuns, visitas, jantares e mesmo daqueles encontros já rotineiros que faziam aos sábados à tarde para um jogo, um churrasco e o bate-papo animado. Quanto ao aparelho de som, que havia retirado tramando uma troça, Adelson pensou em inventar uma história para devolvê-lo sem que Barbosa suspeitasse de alguma coisa. Felipe a isso se opôs, pois o som era prova cabal do crime de traição. Insistiu que deveriam manter a posse do objeto até encontrarem um momento oportuno para tudo relatar ao amigo. Combinaram, também, nada falar para suas esposas, pois se sabe lá como reagiriam.

Barbosa estranhou as evasivas dos amigos, que pareciam evitar visitas à sua casa, e, por mais de uma vez, tentou sondar se havia feito algo impensado, magoando-os de alguma maneira. Em uma dessas conversas, Adelson quase revelou tudo, mas no instante derradeiro faltou-lhe coragem. Não muito tempo depois, as esposas também perceberam algo estranho na relação entre os três, e acharam que isso poderia afetá-las; então decidiram realizar um encontro para pôr fim a essa incômoda situação. Adelson e Felipe bem que tentaram evitar, porém as mulheres não aceitaram nenhuma argumentação contrária. O encontro foi então agendado. Adelson e Felipe entenderam que essa seria a oportunidade que buscavam para, discretamente, relatar ao amigo tudo o que sabiam. Deveriam exortá-lo a ter coragem e a proceder com cautela para obter maiores informações sobre a conduta da esposa. Claro que hipotecariam irrestrita solidariedade ao companheiro e diriam que a dor dele era também a deles.

No dia esperado, um sábado, todos se reuniram na casa de Barbosa e Lenita. Depois dos cumprimentos de praxe, agora já não tão calorosos e espontâneos, vendo o casal tão carinhoso, Felipe comentou no ouvido de Adelson:

– Como pode ser tão falsa!

Ao que o colega retrucou em tom agressivo:

– Mas ela não perde por esperar!

Pouco depois dos primeiros petiscos e bebidas, Barbosa pediu a palavra e, circunspecto, disse que tinha uma novidade para comunicar a todos. Adelson e Felipe se olharam temerosos. Barbosa elevou um pouco mais a voz e falou:

– Lenita está esperando um filho, e eu tenho uma dúvida atroz.

Felipe, por baixo da mesa, cutucou Adelson, que estava lívido.

– Minha dúvida é sobre – continuou Barbosa – qual casal de amigos vou convidar para ser o padrinho da criança.

As amigas de Lenita se jogaram em cima dela aos abraços e beijos. Adelson e Felipe não sabiam o que fazer. Barbosa continuou a discursar:

– Muitas coisas boas têm acontecido para nós. Estamos economizando para reformar o quarto para o *baby*, e íamos ter de gastar dinheiro comprando um novo som para o carro, que, como vocês sabem, foi roubado. Mas meu cunhado, que estava com o carro quando ocorreu o roubo, felizmente irá repor o aparelho, comprando um mais potente ainda quando viajar ao Paraguai.

Adelson e Felipe mostravam fisionomia desenxabida. Adelson, mais acostumado a situações difíceis, recuperou-se e falou em seguida, com seu jeito galante:

– Parabéns aos pais! Parabéns à bela mamãe! Eu tenho um aparelho de som, semelhante ao anterior de vocês, com o qual vou presenteá-los. O irmão de Lenita poderá comprar alguma outra coisa que vocês considerem importante. Além disso, darei também o carrinho para meu futuro afilhado, e Felipe aceitou o encargo de mobiliar o quarto do nenê. Um viva aos pais!

Minha vida de cachorro e três nobres verdades

Tenho vagas lembranças de minha infância. De mãe cachorra, recordo apenas o momento da mamada. Parece que a maior parte do tempo eu dormia, acordava, mamava e tornava a dormir. Não sei se tive irmãos, e a cara de minha mãe eu não via com nitidez. Dizem que os cães não têm afeição entre si, mas isso não é verdade. Se reconhecemos os homens e nos afeiçoamos a eles, por que não teríamos afeto entre nós? Mas, de qualquer maneira, não tenho mais esperança de encontrar minha mãe, pois não conseguia vê-la. Não posso dizer se essa dificuldade ocorria porque ela era muito grande, ou porque eu era muito pequeno.

Ao crescer um pouco, eu me vi, de repente, sozinho. Não sei bem o que aconteceu, se a escorraçaram, ou se fui retirado de perto dela. Lembro-me de que algumas crianças brincavam comigo quando não tinham o que fazer. Empurravam-me, rolavam-me, e meu corpo ficava bastante dolorido. Quando elas estavam nervosas, era pior ainda: faziam-me de bola, jogando-me de um lado para o outro. Um dia, apareceu uma moça que me salvou dessa brincadeira sem graça – pelo menos para mim.

I

Fui levado para a casa de dois estudantes que dormiam a maior parte do tempo em que eu estava acordado. O contato entre nós era bem ocasional. Mas não posso queixar-me. Raramente sentia fome, pois duas vezes por dia me davam comida e água limpa, em vasilhas separadas. O que me doía era ficar muito tempo sem a presença deles, pois eu os considerava meus donos.

Com o passar das semanas, eu cresci. Então, passaram a me retirar de uma parte isolada do quintal, e um deles dizia: – Liberdade, liberdade, vamos, saia daí. – Eu me esforçava para mostrar alegria, abanando vigorosamente o rabo. Foi quando pensei que meu nome fosse Liberdade, mas depois compreendi que o ato de atravessar a cerca tinha esse nome. Recordo essa palavra com satisfação muito especial e, até hoje, quando meus atuais donos me levam para passear, ao perceber a rua, sinto aquela mesma sensação. Essa tal liberdade é uma sensação incrível, e por ela quase arrasto meu dono. Voltando ao assunto anterior, ao ficar maior, os rapazes, quando estudavam, mantinham-me por perto. Eles falavam muito a palavra "Marx". Porque Marx fez isso, pensava tal coisa, e o outro retrucava que isso não era de Marx; ele, Marx, era assim, assim, assim. Então eu fiquei certo de que me chamava Marx. Isso foi muito legal! Finalmente eu tinha um nome! Igual a quase todo ser vivente. Ter um nome me dava uma referência no mundo.

Essa prática de dar nomes às coisas e aos seres é bem inteligente. Os homens fazem isso conosco desde quando nos domesticaram. Sobre esse negócio de domesticar, no entanto, há controvérsia. Nosso entendimento é diferente.

A verdade é que os cães são descendentes dos lobos, que viviam em grupos de uma forma que o homem chama de "vida selvagem", mas eram bem alimentados pela mãe natureza. Rezam nossas tradições latidas, transmitidas de uma alcateia para outra, de matilha para matilha até os dias atuais, que, naqueles períodos antigos, ocorreram graves mudanças climáticas, com crescente diminuição de alimentos para todas as espécies. Foi então que resolvemos aproximar-nos dos humanos, vendo neles, de modo bem darwiniano, uma chance de sobrevivência. Essa proximidade foi vagarosa, com desconfianças de ambos os lados, mas ou nos adaptávamos, ou desapareceríamos. Fomos vencendo as resistências, mostrando que uma possível parceria poderia trazer resultados favoráveis a eles também. Os humanos são movidos por interesses, e, se não tivessem percebido vantagens, essa amizade não se consolidaria. O resto vocês já sabem. O que talvez não saibam é que, em algumas cidades da Europa, o nascimento de humanos vem decrescendo, enquanto o dos cães mantém-se, já há algum tempo, em curva ascendente. Isso não quer dizer que temos mais chances de sobreviver, mas, sabe-se lá, de repente, alcançar uma boa dimensão numérica pode fazer a diferença.

II

Tendo um nome, senti-me em igualdade com outros cachorros da vizinhança, e tratei logo de comunicar isso a um cãozinho, todo metido, que passava diariamente por onde eu morava. Quando lhe falei do meu nome, ele ouviu em silêncio, mas, ao fazer referência à igualdade, isso lhe pareceu abominável. Além de todas as coisas feias que me disse, olhou-me de um lado para o outro, ou seja, da cara para o rabo. Os humanos também têm esse jeito de olhar, só que de cima para baixo, como fiquei sabendo depois. Mas, voltando ao assunto sobre meu vizinho, com desprezo, ele me disse que jamais seríamos iguais. Para me afrontar mais ainda, falou em pura linguagem canina francesa:

– *Hours de propos, jamais!*

Foi aí que toda aquela conversa sobre Marx me ajudou. Disse-lhe, acrescentando alguns "rrrrr": – Você não passa de um pequeno burguês. – Talvez devesse ter dito "pequinês burguês".

Desse entrevero pelo menos aprendi algo que não pode ser esquecido, que não basta ter nome. A questão do nome só se resolveu quando a moça – vocês se lembram, aquela que me salvou das crianças – começou a aparecer com mais frequência e passou a me chamar de Pingo. A princípio, achei um nome simples demais, especialmente porque eu estava crescendo e, comparado a outros, achava-me musculoso e forte. Depois, gostei. E, ainda influenciado pelas discussões sobre Marx, acrescentei: Pingo, o primeiro cão revolucionário. Sempre tive a audição e o olfato muito desenvolvidos, e se aperfeiçoaram mais ainda, pois ouvia diferentes tipos de vozes e sons, e sentia cheiros humanos, cada um com uma característica. Quanto à visão, ela me parece precária. Continuo enxergando tudo embaçado e já falei com meu dono que necessito de óculos, mas ele tem certas dificuldades para compreender a minha língua.

III

Fiquei na casa dos estudantes por aproximadamente quatro meses. Aprendi bastante nesse período, pois, valha-me Deus, os estudantes conversavam sobre tudo o que liam ou ouviam na faculdade. Quando chegaram as férias, eles arrumaram as malas e se foram, sem ao menos se despedir. Os humanos, quando ficam muito ocupados, parecem esquecer os sentimentos e até as boas maneiras. No dia seguinte ao da viagem deles, a moça apareceu com seu pai, levando-me de carro para a sua casa. Lá conheci meus donos atuais. Vou traçar rapidamente o perfil deles.

Um rapaz que gosta de correr e sempre me levava com ele, porém agora isso raramente acontece. A gente se divertia muito, e quando chegava a uma área rural, ele me soltava da coleira e eu me embrenhava no mato. Vez por outra, saía para verificar se ele não estava perdido. Ele ficou pensando então que, quando eu dava umas escapadelas, bastava ele passar correndo à minha frente para eu segui-lo. É claro que, podendo fazer outras coisas interessantes, eu não o seguia. Entretanto, algumas vezes, quando outros fazeres me aborreciam, eu o acompanhava, o que era suficiente para fazê-lo pensar assim. Ao contar essas coisas, não quer dizer que eu o considere mau. Seria descortês de minha parte, pois ele sempre brincou muito comigo e, naquele tempo, costumava propor-me um problema bastante simples, que era o de adivinhar em qual mão havia escondido uma bola. Mostrando as duas mãos, pedia-me que eu localizasse a bola. Com o faro que tenho, acertava na maioria das vezes, o que parecia deixá-lo contente. Um belo dia, ele trouxe outra pessoa para eu conhecer. Era, como vim a saber, sua namorada. Ela me pareceu muito receosa. Fiz o teste tipo C, que consiste de alguns "rrrr", seguidos de latidos de intensidade moderada. Não deu outra, a menina tremeu. Para falar a verdade, não gosto que tenham medo de mim, pois sou um tipo sociável.

A outra moça, a quem já me referi anteriormente, foi, de fato, minha primeira dona. Tivemos uma relação bem amistosa no começo. Considero-a minha madrinha. É uma pessoa sensível e parecia me querer bem, brincando muito comigo. Eu gostava quando ela ia jogar capoeira no quintal e ficava de ponta-cabeça, pois eu podia enxergar melhor o seu rosto. Na verdade, no começo, quando eu era filhote, ela me tratava melhor. Depois, foi-se distanciando. Além de tudo, agora ela reside em outra cidade. Não faz muito tempo, trouxe consigo duas gatas que são seus xodós. Tentei conversar com as gatas, mas foi difícil, pois os donos montaram um esquema bem complexo para protegê-las. Parece que ninguém nunca notou as unhas afiadas das bichinhas, que treinavam diariamente no sofá da sala. Não são santinhas, não! Um dia tentei conversar com uma delas, e a bichinha ficou toda valente, eriçando o pelo e insistindo em uma conversa cheia de "ssss", como se fosse carioca. A impressão que tenho agora dessa dona é que ela é do tipo fogo de palha. Não demora muito, e o amor pelas gatas vai acabar também.

A terceira dona também é uma mulher. Na verdade, parecia ser a chefe-geral por aqui. A impressão que causa é a de que está sempre ocupada fazendo coisas importantes, não podendo perder tempo comigo. Quando eu entro em um quarto em que ela fica a maior parte do tempo, ela diz: – Fora, Pingo, você não vê que está fedido? – Com frequência, ela entra e sai do quintal como se não me visse. Apesar disso, eu lhe aviso quando chega alguém, e à noite me preocupo quando ocorre algum barulho, pois sei que ela tem muito medo de gatunos. Já usei muitas estratégias para conquistá-la, e, como ocasionalmente recebo alguma atenção, continuo fielmente lambendo suas mãos. Uma coisa bem legal que ela faz é me levar para passear, logo de manhã.

O meu quarto dono parece-me mais tranquilo. Fizemos uma boa relação de amizade. Como ele estuda comportamento, procurei ajudá-lo um pouco. Quando ele me traz alimento e diz "casinha", eu vou para lá, e ele me dá o alimento. Muitas vezes, eu procuro antecipá-lo, dando-lhe a pata para ele se lembrar de dizer "dê a pata". Gosto dele também. Para lhe demonstrar amizade, um dia deixei-lhe um pouco de minha comida. O interessante é que ele não aceitou. Porém, desse dia em diante, passou a repartir um pouco da variedade de comida que eles comem. Quando eles compram *pizza*, eu identifico pelo cheiro, e sei que vou ganhar um pedaço. Como ele sempre diz para não me dar comida enquanto eu estiver latindo, outro truque que faço é ficar algum tempo pedindo comida, e repentinamente me calo. Passado pouco tempo, lá vem uma sobra de alguma coisa gostosa. Esperto, não?

IV

Agora vou entrar em um assunto mais delicado. Fiquei sabendo que depois de muitas tentativas, passando muitos séculos, nossa espécie conseguiu formar um grupo com membros de todas as raças. Esse grupo inicial foi substituído por outro, e assim sucessivamente, e depois de muito tempo de estudo, criou-se uma ciência que busca explicar a relação que temos com os humanos. De maneira simplificada, posso dizer que essa ciência é chamada de canantropologia, que quer dizer estudo antropológico dos cães. Essa nova ciência resume todos os conhecimentos derivados dessa relação entre o homem e o cão. A canantropologia mostra que a relação entre o homem e o cão, se nos trouxe a sobrevivência, pelo menos até agora, foi mais vantajosa para o homem. Um traço marcante dessa relação é a nossa fidelidade. Ela é reconhecida pelo homem, que costuma fazer referência à fidelidade canina como um ideal que ele busca em seus relacionamentos com os da sua espécie. Um cão é capaz de deixar de lado até os membros de sua raça para atender ao chamado de seu dono.

O estudo da canantropologia me permitiu desenvolver o que chamo de conceito das três nobres verdades: liberdade, igualdade e fraternidade. Essas verdades são aparentadas e se nutrem uma das outras. Com esse novo conhecimento, descobri que a liberdade não é apenas sair do cercado. Compreendi que a igualdade é também, mas não somente, aceitar o outro como ele é. Desenvolvi também a noção de que a fraternidade não se restringe ao ato de estender a pata somente ao dono. Agora, estou tentando ensinar essas nobres verdades aos meus donos.

É um trabalho complicado, pois eles veem as coisas de um ponto de vista muito humano e se esquecem de que tudo o que é sólido se desmancha no ar, seja lá o que isso quer dizer. Diz um velho *fox* muito pessimista, amigo meu, que eu continuarei vivendo no cercado, que meus donos me chamarão para próximo deles apenas quando tiverem algum interesse, e que com canantropologia ou sem ela, os cachorros continuarão atendendo ao assobio dos homens. Talvez ele tenha razão, mas penso que pode valer a pena essa tentativa. Afinal, os humanos se dizem o ser mais completo da evolução!

O retrato

Há muitos anos não se recordava tão demoradamente de acontecimentos passados como lhe ocorria ultimamente. Alguns eram excessivamente triviais e, por isso, podiam ser colocados na conta da esquisitice da memória. Algo como uma peça que o cérebro costuma pregar, principalmente aos mais velhos. Outros, ele achava que surgiam como uma espécie de remorso tardio. Mas não era isso a única coisa que Gianni Luccine, apelidado de Gino, estranhava. Parecia também não se estar entendendo com a família, e por isso preferia ficar calado no seu canto. Se não gostava de levar desaforos para casa, imagine ter ainda de aguentar desaforos no próprio lar. Quando falava ou pensava em um canto todo seu, já era por força de hábito. Tinha agora muitas dúvidas que persistiam: às vezes, encontrava a velha poltrona, recoberta de tecido acetinado de cor verde, no canto próximo da janela, onde se acostumara a ler o jornal do dia, mas, de quando em quando, a poltrona sumia. Precisava se armar de muita paciência para não brigar com a mulher e com a filha solteira, que ainda morava com o casal.

As lembranças iam e vinham. Recordou-se do tempo que passaram a chamá-lo de Velho Gino. Ele entendia bem que, depois dos cinquenta, todo mundo era considerado velho, e, então, isso não fazia a menor diferença. Moravam no Brás, em uma casinha de alvenaria, não muito distante do trabalho. A construção havia sido feita com muito esforço e com a ajuda dos colegas da fábrica. E tiveram muitas discussões com os fiscais da prefeitura, que não toleravam a italianada, a quem chamavam de bando de carcamanos. Quando chegou àquele bairro, após o término da Segunda Guerra, encontrou-o bem desenvolvido. Um lugar onde todo mundo se metia com política, sendo a metade do operariado comunista, e quase todo o restante, anarquista. Isso resultava em muita discussão, em brigas e em festas inesquecíveis. Gino costumava dizer que três coisas uniam os italianos do Brás: a macarronada domingueira, a grapa e o Juventus. E uma única coisa os unia e ao mesmo tempo os separava: a política.

Agora aquela efervescência tinha desaparecido; já não existiam tantas fábricas e as contendas sindicais e políticas seguiram para a zona leste e para cidades industriais que cresciam da noite para o dia. Uma coisa permaneceu a mesma: a repressão. Primeiro, a da polícia do Getúlio; depois, a dos generais. Tudo igual!

Gino já havia completado setenta e dois anos, mas mantinha-se bastante ativo. Aposentara-se há oito anos e recordava-se daquele dia como se fosse hoje. Houve festa de despedida no setor de arquivo onde atuava há muitos anos. Colegas dos setores vizinhos também compareceram para um brinde. Trabalhava no prédio principal, entre um conjunto de pequenas construções, todas de tijolos aparentes. Gino fazia o trajeto de ida e volta, casa-trabalho-casa, na maioria das vezes de bicicleta ou caminhando. Ônibus? Só quando caía aquele aguaceiro comum naquela época de janeiro a março na capital paulistana, especialmente naquela região. Gostava de caminhar, e gabava-se disso e do coração, que jamais falhava. Naquela festinha, agora se recordava bem, a dona Luíza fez um bolo recheado, e ele ficou um tempão olhando as bolinhas coloridas que enfeitavam a cobertura da massa. Foi o Agenor quem o tirou dessa abstração, dizendo: – Homem, levanta a cabeça e segue em frente, agora você vai ter mais tempo para se distrair, conversar...

– Engraçado – pensou. Esse mesmo Agenor, outro dia, ao avistá-lo, atravessou a rua e entrou em um bar como quem ia tomar café. Lembrava também que naquele dia o chefe discursou, fez graça da dificuldade de Gino com a implantação do novo sistema, mas disse que aquele setor era a sua casa, e que ele poderia voltar quantas vezes quisesse. Voltara algumas vezes. Nas primeiras, deram tapinhas nas suas costas, gracejaram quanto à boa vida que estava levando e depois, aos poucos, foram dando um jeito de mostrar que estavam muito ocupados. Decidira não mais retornar ao antigo trabalho, mas manteve o hábito de sair todo dia, no mesmo horário que fazia antes, repetindo o mesmo percurso. Tinha esperança de encontrar algum antigo companheiro, jogar um ou dois minutos de conversa fora, e depois continuar a andança, percorrendo outros trajetos no bairro.

No começo, encontrava um ou outro conhecido: paravam, apertavam as mãos, e às vezes seguiam juntos para um café na padaria do Portuga. Com o tempo, os encontros foram escasseando, e ultimamente alguns passavam por ele, mas pareciam tão apressados que o ignoravam, igualzinho ao Agenor, no dia em que atravessou a rua, evitando-o. Chegou a pensar que não mais o reconheciam.

Não! Isso não era possível, a sua aparência era quase a mesma. Ganhara um pouco de peso, sim, mas no restante se sentia como o Velho Gino de sempre. Talvez estampasse uma fisionomia mais grave na face, cabelos e barba embranquecidos, um jeito cansado no andar, certo curvamento dos ombros, porém se sentia forte e saudável.

Quanto à saúde, a única coisa que o preocupava era esse problema com a memória. Lembrava algumas coisas e esquecia outras. O restante, repetia para si mesmo, estava bem. O pior era que esquecia com muita facilidade o local onde estava ou de onde viera, e de repente achava-se em casa, imaginando que estava num outro lugar. Esse problema com a memória o levava a pensar que certos objetos desapareciam ou eram escondidos, como estava acontecendo com a velha poltrona. Ultimamente, deixara também de localizar um retrato de seu casamento com Carmela. O retrato sempre estivera em um móvel que dava de frente para a porta de entrada de sua casa. Ah! Essa foto marcou um dia muito especial. Fechava os olhos e via nitidamente sua esposa com os cabelos soltos, longos, e um vestido branco que ia até os pés. Carmela era uma bela *ragazza*. E ele se achava um *guapo*, com terno de verdade, pois incluía o colete. Parecia até um ator de cinema, tipo Marcello Mastroianni.

Devido à ausência do retrato, brigou feio com a mulher. Na verdade, perdeu o controle, xingando e ameaçando todo mundo. Carmela permaneceu calada, não disse uma única palavra, mas não conseguiu controlar o choro. Isso deixou Gino mais irritado ainda. O casal sempre conversava bastante, e Carmela não era do tipo que dava o braço a torcer facilmente. Conversavam sobre um assunto por vários dias, até que um deles entregava os pontos, dizendo: – *Va bene, ma a prima vista.* – Saiu praguejando baixo e gritou que não o esperassem para o almoço.

Caminhou a esmo naquela manhã em que o sol permanecia escondido, dando a impressão desagradável de que o bairro estava enegrecido: antigas fábricas de tijolos a descoberto retinham uma fuligem escura, e as árvores se mostravam desnudas, frágeis, ressequidas. Passou próximo de uma pequena igreja, localizada em local menos sombrio, e foi abordado por um homem que aparentava mais ou menos quarenta anos. Ele o convidou para entrar. Respondeu de imediato que não gostava de padres. Depois se arrependeu pela grosseria e perguntou o que fazia ali. A resposta, "Sou um receptor", soou-lhe estranha, mas prestando atenção àquele homem, pareceu-lhe tê-lo visto em outros momentos. De repente, sem saber por que, nem como, viu-se novamente em sua casa e ouviu sua filha dizendo para a mãe: – Rezei por papai. – Pensou consigo mesmo que rezassem por ele, mas antes tratassem de encontrar o retrato de seu casamento. Não conseguiu falar nada nem estava com disposição para brigar. E de repente avistou a poltrona, como se nunca a houvessem retirado dali. Deixou-se cair nela, e dormiu.

Quando acordou, não vendo ninguém em casa, ganhou a rua rapidamente, tentando retornar ao adro daquela igrejinha. Não sabia por que, mas precisava encontrar o tal receptor, lembrando que nos últimos dias – ou seriam meses? – ele fora uma das poucas pessoas que tomaram a iniciativa de lhe dirigir a palavra. Nem a esposa, nem a filha, muito menos os amigos, para não falar da vizinhança, ninguém queria conversa com ele. Vagou de um lado para o outro. Em uma rua, passou por alguns desordeiros de fisionomias brutalizadas. Dois ou três deles o insultaram repetidas vezes. Procurou deixá-los de lado: não seria agora, nessa idade, que iria se meter em briga de rua. Continuou a procurar o mesmo local em que estivera antes, sem sucesso. Cansado, quando já pensava em desistir, divisou ao longe uma claridade, no meio de uma praça. Foi-se aproximando e viu claramente o tal receptor. A seu lado, havia uma enfermeira (pelo menos assim parecia ser), e ambos conversavam com um homem. Aproximou-se, mas não a tempo de ouvir o que falavam, pois a terceira pessoa saiu. O receptor voltou-se para ele e disse: – Estávamos à sua espera. – Gino respondeu sem pensar, sentindo-se um pouco tolo: – Onde está o retrato?

O receptor sorriu e lhe disse, entre outras coisas, que não mais iria precisar daquela foto, nem de sua velha poltrona, que ele seria ajudado pela enfermeira, e que muita coisa que procurava já não mais lhe pertencia. Quanto ao retrato, se quisesse saber onde estava, isso seria possível. Olhando-o de maneira amigável, fez uma pausa e completou:

– O retrato foi colocado no seu túmulo.

Impressão Digital:

Graphium

Tel.: 11 2769-9056